KLEINE BETTLEKTÜRE FÜR GROSSE GOETHE-FREUNDE

Kleine Bettlektüre für große Goethe-Freunde

Scherz

AUSGEWÄHLT
UND ZUSAMMENGESTELLT VON
KATHARINA STEINER

Schutzumschlag von Heinz Looser

INHALT

DIE FRÜHEN JAHRE

Geständnis

Man hat mich immer als einen vom Glück besonders Begünstigten gepriesen; auch will ich mich nicht beklagen und den Gang meines Lebens schelten. Allein im Grunde ist es nichts als Mühe und Arbeit gewesen, und ich kann wohl sagen, daß ich in meinen fünfundsiebzig Jahren keine vier Wochen eigentliches Behagen gehabt. Es war das ewige Wälzen eines Steines, der immer von neuem gehoben sein wollte.

Ein weit verbreiteter Name, eine hohe Stellung im Leben sind gute Dinge. Allein mit all meinem Namen und Stande habe ich es nicht weiter gebracht, als daß ich, um nicht zu verletzen, zu der Meinung anderer schweige. Dieses würde nun in der Tat ein sehr schlechter Spaß sein, wenn ich dabei nicht den Vorteil hätte, daß ich erfahre, wie die anderen denken, aber sie nicht wie ich.

Goethe zu Eckermann, 27. 1. 1824

Teilen kann ich nicht das Leben,
Nicht das Innen, noch das Außen,
Allen muß das Ganze geben,
Um mit euch und mir zu hausen.
Immer hab ich nur geschrieben,
Wie ichs fühle, wie ichs meine,
Und so spalt ich mich, ihr Lieben,
Und bin immerfort der Eine.

Zahme Xenien VI

Planeten-Orakel

Am 28. August 1749, mittags mit dem Glockenschlage zwölf, kam ich in Frankfurt am Main auf die Welt. Die Konstellation war glücklich; die Sonne stand im Zeichen der Jungfrau, und kulminierte für den Tag; Jupiter und Venus blickten sie freundlich an, Merkur nicht widerwärtig; Saturn und Mars verhielten sich gleichgültig: nur der Mond, der soeben voll ward, übte die Kraft seines Gegenscheins um so mehr, als zugleich seine Planetenstunde eingetreten war. Er widersetzte sich meiner Geburt, die nicht eher erfolgen konnte, als bis diese Stunde vorübergegangen.

Dichtung und Wahrheit I, 1

Bettina Brentano an Goethe, 4. 11. 1810 – Das Wochenbett deiner Mutter, worin sie dich zur Welt brachte, hatte blaugewürfelte Vorhänge. Sie war damals achtzehn Jahre alt und ein Jahr verheiratet. Du würdest wohl ewig jung bleiben, sagte sie, und dein Herz nie veralten, da du die Jugend der Mutter mit in den Kauf habest. Drei Tage bedachtest du dich und machtest der Mutter schwere Stunden. Aus Zorn, daß dich die Not aus dem eingeborenen Wohnort trieb, und durch die Mißhandlung der Amme, kamst du ganz schwarz und ohne Lebenszeichen. Sie legten dich in einen sogenannten Fleischarden mit Wein und bäheten dir die Herzgrube, ganz an deinem Leben verzweifelnd. Deine Großmutter stand hinter dem Bett; als du zuerst die Augen aufschlugst, rief sie hervor: «Räthin, er lebt!» – Da erwachte mein mütterliches Herz, sagte deine Mutter mir in ihrem fünfundsiebzigsten Jahr, und lebte seitdem in fortwährender Begeisterung bis zu dieser Stunde …

«Meinem Herzen am nächsten»

Wenn man von einem Kinde redet, spricht man niemals den Gegenstand, immer nur seine Hoffnungen aus.

Lehrjahre VIII, 3

Daß sie die Kinder erziehen könnten,
Müßten die Mütter sein wie Enten:
Sie schwämmen mit ihrer Brut in Ruh;
Da gehört aber freilich Wasser dazu.

Sprichwörtlich

Wir sollten es mit den Kindern machen wie Gott mit uns, der uns am glücklichsten macht, wenn er uns in freundlichem Wahn so hintaumeln läßt.

Werther, 1. Buch, 6. Juli

Wüchsen die Kinder in der Art fort, wie sie sich andeuten, so hätten wir lauter Genies.

Dichtung und Wahrheit, I, 2

Denn wir können die Kinder nach unserem Sinne nicht formen;
So wie Gott sie uns gab, so muß man sie haben und lieben,
Sie erziehen aufs beste und jeglichen lassen gewähren.
Denn der eine hat die, die anderen andere Gaben ...

Hermann und Dorothea 3. Gesang

«Kinder müssen Komödien haben und Puppen»

Der Christabend nahte heran in seiner vollen Feierlichkeit. Die Kinder liefen den ganzen Tag herum und standen am Fenster, in ängstlicher Erwartung, daß es nicht Nacht werden wollte. Endlich rief man sie, und sie traten in die Stube, wo jedem sein wohlerleuchtetes Anteil zu höchstem Erstaunen angewiesen ward. Jeder hatte von dem Seinigen Besitz genommen und war nach einem Zeitlang Angaffen im Begriff, es in eine Ecke und in seine Gewahrsam zu bringen, als ein unerwartetes Schauspiel sich vor ihren Augen auftat. Eine Tür, die aus einem Nebenzimmer herein ging, öffnete sich, allein, nicht wie sonst zum Hin- und Widerlaufen; der Eingang war durch eine unerwartete Festlichkeit ausgefüllt, ein grüner Teppich, der über einem Tisch herabhing, bedeckte fest angeschlossen den untern Teil der Öffnung, von da auf baute sich ein Portal in die Höhe, das mit einem mystischen Vorhang verschlossen war, und was von da auf die Türe noch zu hoch sein mochte, bedeckte ein Stück dunkelgrünes Zeug und beschloß das Ganze. Erst standen sie alle von fern, und wie ihre Neugierde größer wurde, um zu sehen, was Blinkendes sich hinter dem Vorhang verbergen mochte, wies man jedem sein Stühlchen an und gebot ihnen freundlich in Geduld zu erwarten. Wilhelm war der einzige, der in ehrerbietiger

Entfernung stehen blieb und sich's zwei-, dreimal von seiner Großmutter sagen ließ, bis er auch sein Plätzchen einnahm. So saß nun alles und war still, und mit dem Pfiff rollte der Vorhang in die Höhe und zeigte eine hochrot gemalte Aussicht in den Tempel. Der Hohepriester Samuel erschien mit Jonathan, und ihre wechselnden Stimmen vergeisterten ganz ihre kleinen Zuschauer. Endlich trat Saul auf in großer Verlegenheit über die Impertinenz, womit Goliath, der schwerlötige Kerl, ihn und die Seinigen ausgefodert hatte – wie wohl ward's da unserm Wilhelm, der alle Worte abpaßte und bei allem zugegen war, als David, der zwerggestaltete raupigte Sohn Isai, mit seinem Schäferstab und Hirtentasche und Schleuder hervortrat und sprach: Großmächtigster König und Herr Herr! es entfalle keinem der Mut um dessentwillen; wenn Ihro Majestät mir erlauben wollen, so will ich hingehen und mit dem gewaltigen Riesen in den Streit treten. Dieser Aktus endigte sich. Die übrigen Kleinen waren alle vergakelt, Wilhelm allein erwartete das Folgende und sann drauf; er war unruhig den großen Riesen zu sehen, und wie alles ablaufen würde.

Der Vorhang ging wieder auf. David weihte das Fleisch des Ungeheuers den Vögeln unter dem Himmel und den Tieren auf dem Felde. Der Philister sprach Hohn, stampfte viel mit beiden Füßen, fiel endlich wie ein Klotz und gab der ganzen Sache einen herrlichen Ausschlag. Wie dann nachher die Jungfrauen sungen: Saul hat tausend geschlagen, David aber zehntausend, und der Kopf des Riesen vor dem kleinen Überwinder hergetragen wurde und er davor die schöne Königstochter zur Gemahlin kriegte, verdroß es Wilhelmen doch bei aller Freude, daß der Glücksprinz so zwergenmäßig gebildet wäre. Die dumpfe Aufmerksamkeit der übrigen Geschwister dauerte ununterbrochen fort, Wilhelm aber geriet in eine Nachdenklichkeit, darüber er das Ballett von Mohren und Mohrinnen, Schäfern und Schäferinnen, Zwergen und Zwerginnen nur wie im Schatten vor sich hingaukeln sah. Der Vorhang fiel zu, die Türe schloß sich, und die ganze kleine Gesellschaft war wie betrunken taumelnd und begierig ins Bett zu kommen; nur Wilhelm lag allein, dunkel über das Vergangene, nachdenkend, unbefriedigt in seinem Vergnügen, voller Hoffnungen, Drang und Ahndung.

Den andern Tag war eben alles wieder verschwunden, der mystische Schleier war aufgehoben, man ging durch diese Türe wieder frei aus einer Stube in die andre, aus der abends vorher so viel Abenteuer geleuchtet hatte. Die übrigen liefen mit ihren Spielsachen auf und ab, Wilhelm allein schlich hin und her, als wenn er eine verlorne Liebe suchte, als wenn er's fast unmöglich glaubte, daß da nur zwei Türpfosten sein sollten, wo gestern so viel Zauberei gewesen war.

Die Kinder haben in einem wohleingerichteten und geordneten Hause eine Empfindung, wie ungefähr Ratten und Mäuse haben mögen, sie sind aufmerksam auf alle Ritze und Löcher, wo sie zu einem verbotenen Naschwerke gelangen können; sie genießen's mit einer verstohlenen wollüstigen Furcht, und ich glaube, daß dieses ein großer Teil des kindischen Glücks ist. Wilhelm war vor allen seinen Geschwistern aufmerksam, wenn irgend ein Schlüssel stecken blieb. Je größer die Ehrfurcht war, die er für die verschlossnen Türen in seinem Herzen herum trug, an denen er Wochen und Monate lang vorbeigehen mußte, und in die er nur manchmal, wenn die Mutter das Heiligtum öffnete, um was heraus zu holen, einen verstohlnen Blick tun durfte, desto schneller war er, einen Augenblick zu benutzen, den ihn die Nachlässigkeit der Wirtschafterin manchmal treffen ließ. Unter allen Türen war, wie man leicht erachten kann, die Türe der Speisekammer diejenige, auf die seine Sinnen am schärfsten gerichtet waren. Wenig ahndungsvolle Freuden des Lebens glichen der Empfindung, wenn ihn seine Mutter manchmal herein rufte, um ihr etwas heraus tragen zu helfen, und er dann einige gedörrte Pflaumen entweder ihrer Güte oder seiner List zu danken hatte. Die aufgehäufte Schätze übereinander umfingen seine Einbildungskraft mit ihrer Fülle, und selbst der unangenehme Geruch von so mancherlei Ausdünstungen durcheinander, als da sind: Seife, Licht, Zitronen und mancherlei alte und neue Büchsen, hatte so eine leckere Wirkung auf ihn, daß er niemals versäumte, so oft er in der Nähe war, sich an der eröffneten Atmosphäre auf einige Schritte wenigstens von ferne zu weiden. Dieser merkwürdige Schlüssel blieb einen Sonntagmorgen, da seine Mutter von dem Geläute übereilt ward und das ganze Haus in einer tiefen Sabbatstille lag, stecken. Kaum hatte es Wilhelm bemerkt, als er etlichemal sachte davor auf- und abging, sich endlich still und fein andrängte, die Türe öffnete und sich mit einem Schritt in der Nähe so vieler langgewünschter Glückseligkeit fühlte. Er besah Kästen, Säcke, Schachteln, Büchsen, Gläser mit einem schnellen zweifelnden Blick, was er wählen und nehmen sollte, griff endlich nach den vielgeliebten dürren Pflaumen, versah sich mit einigen getrockneten Äpfeln und nahm genügsam noch eine eingemachte Pomeranzenschale dazu, mit welcher Beute er seinen Weg wieder rückwärts glitschen wollte, als ihm ein paar nebeneinander stehende Kasten in die Augen fielen, aus deren einem ein paar Drähte, oben mit Häkchen versehen, durch den übel verschlossenen Schieber heraushingen. Ahndungsvoll fiel er darüber her, und mit welcher überirdischen Empfindung entdeckte er, daß darinnen seine Helden- und Freudenwelt aufeinander gepackt sei. Er wollte die obersten aufheben, betrachten, die untersten hervorziehen, allein gar bald verwirrte er die leichten Drähte, kam darüber in Unruh und Bangigkeit, besonders da er die Köchin in der benachbarten Küche einige Bewegung machen hörte, daß er alles so gut er konnte zusammendrückte, seinen Kasten zuschob und nur ein geschriebenes Büchelchen, darin die Komödie von David und Goliath aufgezeichnet war und das obenauf gelegen hatte, zu sich steckte und sich mit dieser Beute leise die Treppe hinauf in eine Dachkammer rettete.

An einem Abend, als die Großmutter ihren Wilhelm zu sich berufen hatte und er in großer Stille bei ihr saß und aus Karten sich mancherlei Gestalten zusammenformte, stellte er endlich auch einen Goliath und David auf und ließ sie gegeneinander gar trefflich perorieren. Die Alte saß ganz verzaubert, hörte ihrem Enkel mit Erstaunen zu, und wie er fertig war, ging's an ein Loben und Fragen, woher er diese Geschicklichkeit habe. Er hatte zwar eine ziemliche Gabe zu lügen, aber dabei ein reines Gefühl, wo er nicht zu lügen nötig habe. Er gestund seiner guten Großmutter, daß er im Besitz des Büchelchens sei, bat sie aber inständig, ihn dabei zu schützen und ihn nicht zu verraten, weil er's gewiß nicht verderben noch verlieren wollte. Die Alte versprach's ihm, und mit dem mündlichen Versprechen tat sie ihm und eigentlich sich selbst noch eins, daß sie den Vater dahin bewegen wolle, seinen Sohn vor irgend einer Kinderversammlung in Gesellschaft des Artillerie-Lieutenants das große Drama selbst aufführen zu lassen.

Der Artillerie-Lieutenant, der ein Pate der Großmutter war, ward nunmehr beordert das Theater aufzuschlagen und das übrige zu besorgen. Wilhelm merkte es wohl, da er die Woche verschiedentlich zu ungewöhnlicher Zeit ins Haus kam. Seine Begierde wuchs nur, da er wohl fühlte, daß er vor Sonnabend keinen teil dran nehmen durfte. Endlich erschien der gewünschte Samstag. Abends fünf Uhr kam der Artillerie-Lieutenant und nahm Wilhelmen mit hinauf. Mit zitternder Freude trat er mit hinein und erblickte auf beiden Seiten des Gestells die herabhangenden Puppen in der Ordnung, wie sie auftreten sollten; er betrachtete sie sorgfältig, stieg auf den Tritt, der ihn über das Theater erhub, daß er über seiner kleinen Welt schwebte; er sah nicht ohne Ehrfurcht zwischen die Brettchen hinunter, weil noch die Erinnerung, welch herrliche Wirkung es von außen tue, und das Gefühl, in welche Geheimnisse er eingeweihet sei, ihn umfaßte. Sie machten einen Versuch und es ging trefflich.

Den andern Tag, da eine Gesellschaft Kinder geladen war, desgleichen, außer daß Wilhelm in dem Feuer der Aktion seinen Jonathan fallen ließ und er genötigt war, mit der Hand hinunter zu greifen und ihn zu holen, das denn die Illusion sehr unterbrach, ein großes Gelächter verursachte und ihn unsäglich kränkte. Auch schien dieser Fehler dem Vater sehr willkommen zu sein, der zwar in sich das größte Vergnügen fühlte, sein Söhnchen so fähig zu sehen, es aber wohlbedächtlich nicht an den Tag gab, nach geendigtem Stück sich gleich an die Fehler hing und sagte, es wäre recht artig gewesen, wenn nur dies oder das nicht versagt hätte. Unsern Prinzen kränkte das innig, er ward traurig für den Abend, hatte es aber den kommenden Morgen schon wieder verschlafen und ward in dem Gedanken selig, daß er außer dem Unglück trefflich gespielt habe ...

Wilhelm Meisters theatralische Sendung I, 2f

Frau Rat Goethe an den Sohn, 19.1.1795 – Den besten schönsten Dank vor Deinen Wilhelm! Das war wieder mal vor mich ein Gaudium! Ich fühlte mich 30 Jahre jünger – sah Dich und die andern Knaben drei Treppen hoch die Preparatoien zum Puppenspiel machen [die Großmutter hatte 1753 den Enkeln das Puppentheater geschenkt] – sahe wie die Elise Bethmann Prügel vom ältesten Moors kriegte und dergleichen mehr ...

Vater und Sohn

Es ist ein frommer Wunsch aller Väter, das, was ihnen selbst abgegangen, an den Söhnen realisiert zu sehen, so ohngefähr, als wenn man zum zweitenmal lebte und die Erfahrungen des ersten Lebenslaufes nun erst recht nutzen wollte.

Meinem Vater war sein eigner Lebensgang bis dahin ziemlich nach Wunsch gelungen; ich sollte denselben Weg gehen, aber bequemer und weiter. Er schätzte meine angeborenen Gaben um so mehr, als sie ihm mangelten: denn er hatte alles durch unsäglichen Fleiß, Anhaltsamkeit und Wiederholung erworben. Er versicherte mir öfters, früher und später, im Ernst und Scherz, daß er mit meinen Anlagen sich ganz anders würde benommen und nicht so liederlich gewirtschaftet haben.

Er konnte kaum erwarten, bis ich auf Akademie gehen würde und erklärte mir, daß ich in Leipzig, wo er selbst studiert hatte, gleichfalls wie er Jura studieren sollte. Ich aber hatte nur Göttingen im Auge. In Gedanken verwarf ich die juristischen Studien und widmete mich allein den Sprachen, den Altertümern, der Geschichte und allem, was daraus hervorquillt.

Doch mein Vater blieb unbeweglich: er bestand darauf, daß ich nach Leipzig gehen müsse. Ich aber blieb im stillen bei dem Entschluß, gegen seine Gesinnungen und seinen Willen, eine eigene

Studien- und Lebensweise zu ergreifen. Seine Hartnäckigkeit bestärkte mich noch in meiner Impietät ...

So lösen sich in gewissen Epochen Kinder von Eltern, Diener von Herren, Begünstigte von Gönnern los, und ein solcher Versuch, sich auf seine Füße zu stellen, sich unabhängig zu machen, für sein eigen Selbst zu leben, er gelinge oder nicht, ist immer dem Willen der Natur gemäß.

Nach Dichtung und Wahrheit

Vom Vater hab ich die Statur,
Des Lebens ernstes Führen,
Vom Mütterchen die Frohnatur
Und Lust zu fabulieren.
Uhranherr war der Schönsten hold,
Das spukt so hin und wieder;
Urahnfrau liebte Schmuck und Gold,
Das zuckt wohl durch die Glieder.
Sind nun die Elemente nicht
Aus dem Komplex zu trennen,
Was ist denn an dem ganzen Wicht
Original zu nennen?

Zahme Xenien VI

DER STUDENT

In Leipzig

Es ist ein klein Paris und bildet seine Leute.

Faust I, Auerbachs Keller

Goethe an Joh. Jacob Riese, 20. 10. 1765 – Ich mache hier große Figur! – Aber noch zur Zeit bin ich kein Stutzer. Ich werde es auch nicht. – Ich brauche Kunst, um fleißig zu sein. In Gesellschaften, Concert, Comödie, bei Gastereyen, Abendessen, Spazierfahrten, so viel es um diese Zeit angehet. Ha! das geht köstlich. Aber auch köstlich, kostspielig. Zum Henker das fühlt mein Beutel. Halt! rettet! haltet auf! Siehst du sie nicht mehr fliegen? Da marschierten 2 Louisdor. Helft! Da ging eine. Himmel! schon wieder ein paar. Groschen, die sind hier in Leipzig, wie Kreuzer bei euch draußen im Reiche. – Ich sehe, daß mein Blatt bald voll ist und es stehen noch keine Verse darauf, ich habe deren machen wollen. Ich höre von Horn, daß ihr euch ob absentiam puellarum forma elegantium beklagt. Laßt euch von ihm das Urteil sagen, daß ich über euch fällete ...

Joh. Adam Horn an L. Moors, 12. 8. 1766 – Von unserm Goethe zu reden! – der ist immer noch der stolze Phantast, der er war, als er hierher nach Leipzig kam. Wenn du ihn nur sähest, du würdest entweder vor Zorn rasend werden, oder vor Lachen bersten müssen. Ich kann gar nicht einsehen, wie sich ein Mensch so geschwind verändern kann. Alle seine Sitten und sein ganzes jetziges Betragen sind Himmel weit von seiner vorigen Aufführung unterschieden. Sein ganzes Dichten und Trachten ist nur, seiner gnädigen Fräulein und sich selbst zu gefallen. Er macht sich in allen Gesellschaften mehr lächerlich als angenehm. Er hat sich, bloß weil es die Fräulein gern sieht, solche portemains und Gebärden angewöhnt, bei welchem man unmöglich das Lachen enthalten kann. Einen Gang hat er angenommen, der ganz unerträglich ist. Wenn du es nur sähest!

. . . il marche à pas comptés,
Comme un Recteur suivi des quatre Facultés.

Sein Umgang wird mir alle Tage unerträglicher, und er sucht auch denselbigen zu vermeiden. Ich bin ihm zu schlecht, daß er mit mir über die Straße gehen wollte.

Du kannst ihm nur alles wieder schreiben, was ich dir hier erzählt habe. Es ist mir recht lieb, wenn du es tust. Denn er wird doch nicht so leicht böse auf mich; wann wir uns auch gezankt haben, so läßt er mich doch gleich wieder rufen . . .

Marie Körner, Erinnerungen – Mein Vater arbeitete vornehmlich kleine Vignetten für den Verlagsbuchhändler Breitkopf; auch durch Unterricht in seiner Kunst hatte er Verdienst. Von seinen Schülern der eifrigste, zugleich aber auch zu allerhand munteren Streichen der aufgelegteste, war der später so berühmt gewordene Goethe, damals Student der Rechte, sechzehn Jahr alt. Unsrer guten Mutter machte diese Bekanntschaft mancherlei Sorge und Verdruß. Wenn der Vater in später Nachmittagstunde noch fleißig bei der Arbeit saß, trieb ihn der junge Freund an, frühzeitig Feierabend zu machen, und beschwichtigte die Einwendungen der Mutter damit, daß die Arbeit mit der feinen Radiernadel im Zwielicht die Augen zu sehr angreife, zumal er dabei durch das Glas sehe. Wenn nun auch die Mutter erwiderte, *durch* das Glas sehen, greife die Augen nicht so sehr an, wie *in* das Glas und zwar manches Mal zu tief sehen, so ließ doch der muntre Student nicht los und entführte uns den Vater zu Schönkopfs, oder nach Auerbachs Keller, wo in lustiger Gesellschaft die Studien zu den Studentenszenen des Faust entstanden sind. Diese Bekanntschaft hat unsrer guten Mutter manche Träne gekostet. Wenn aber am anderen Morgen Mosje Goethe – denn vornehme junge Herren wurden «Mosje» tituliert – sich wieder bei uns einfand und ihn die Mutter tüchtig ausschalt, daß er den Vater in solche ausbündige

Studentengesellschaft führe, in welche ein verheirateter Mann, der für Frau und Kinder zu sorgen habe, gar nicht gehöre, dann wußte er durch allerhand Späße sie wieder freundlich zu stimmen, so daß sie ihn den Frankfurter Strubbelpeter nannte und ihn zwang, sich das Haar auskämmen zu lassen, welches so voller Federn sei, als ob Spatzen darin genistet hätten. Nur auf wiederholtes Gebot der Mutter brachten wir Schwestern unsere Kämme, und es währte lange Zeit, bis die Frisur wieder in Ordnung gebracht war. Goethe hatte das schönste braune Haar; er trug es ungepudert im Nacken gebunden, aber nicht wie der alte Fritz als steifen Zopf, sondern so, daß es in dichtem Gelock frei herabwallte. Wenn ich in späteren Jahren Goethe hieran erinnerte, wollte er es nie zugeben, sondern versicherte: es hätte sich die Mutter ein besonderes Vergnügen daraus gemacht, ihn zu kämmen, so daß sie sein wohlfrisiertes Haar erst in Unordnung gebracht, um ihn dann recht empfindlich durchzuhecheln.

Am meisten verdarb es der lustige Bruder Studio mit uns Kindern dadurch, daß er weit lieber mit dem Windspiele des Vaters, es war ein niedliches Tierchen und hieß Joli, als mit uns spielte und ihm allerhand Unarten gestattete und es verzog, während er gegen uns den gestrengen Erzieher spielte. Für Joli brachte er immer etwas zu naschen mit; wenn wir aber mit verdrießlichen Blikken dies bemerkten, wurden wir bedeutet: das Zuckerwerk verderbe die Zähne und gebrannte Mandeln und Nüsse die Stimme. Goethe und der Vater trieben ihren Mutwillen so weit, daß sie an dem Weihnachtabend ein Christbäumchen für Joli, mit allerhand Süßigkeiten behangen, aufstellten, ihm ein rotwollenes Kamisol anzogen und ihn auf zwei Beinen zu dem Tischchen, das für ihn reichlich besetzt war, führten, während wir mit einem Päckchen brauner Pfefferkuchen, welche mein Herr Pate aus Nürnberg geschickt hatte, uns begnügen mußten. Joli war ein so unverständiges, ja, ich darf sagen, so unchristliches Geschöpf, daß er für die von uns unter unserem Bäumchen aufgeputzte Krippe nicht den geringsten Respekt hatte, alles beschnoperte und mit einem Haps das zukkerne Christkindchen aus der Krippe riß und aufknabberte, worüber Herr Goethe und der Vater laut auflachten, während wir in Tränen zerflossen. Ein Glück nur, daß Mutter Maria, der heilige Joseph und Ochs und Eselein von Holz waren, so blieben sie verschont.

Einer tragikomischen Szene muß ich auch noch gedenken: Unser Unterricht war auf sehr wenige Gegenstände beschränkt. Um 11 Uhr vormittags fand sich ein eingetrockneter Leipziger Magister, welcher in der Druckerei von Breitkopf mit Korrekturen beschäftigt wurde, bei uns ein, der sich durch seine schwarze Kleidung und weiße Halskrause das Ansehen eines Theologen geben wollte. Er unterrichtete uns im Lesen, Schreiben und Rechnen und erhielt für die Stunde *einen* guten Groschen. Was seinem Anzuge im eigentlichsten Sinne die Krone aufsetzte, war seine von haarfeinem Draht geflochtene, in vielen Locken herabwallende Perücke. Beim Eintreten rief er uns schon von der Türe her entgegen: «Ihr Kinder, das Gebet!» Wir sagten nun unisono einen Vers aus einem Gesangbuchliede her, worauf eine Stunde in der Bibel gelesen wurde. Wie ich schon erwähnte, waren wir allesamt auf eine einzige Stube angewiesen, und so geschah es öfter, daß Goethe während unserer Lektion eintrat und sich an den Arbeitstisch des Vaters setzte. Einmal traf es sich nun, daß wir eben mitten aus einem ihm für junge Mädchen unpassend scheinenden Kapitel des Buches Esther laut vorlesen mußten. Ein Weilchen hatte Goethe ruhig zugehört, mit einem Male sprang er vom Arbeitstische des Vaters auf, riß mir die Bibel aus der Hand und rief dem Herrn Magister mit ganz furioser Stimme zu: «Herr, wie können Sie die jungen Mädchen solche H . . . -Geschichten lesen lassen?» Unser Magister zitterte und bebte, denn Goethe setzte seine Strafpredigt immer heftiger fort, bis die Mutter dazwischen trat und ihn zu besänftigen suchte. Der Magister stotterte etwas von «Alles sei Gottes Wort» heraus, worauf ihn Goethe bedeutete: «Prüfet alles, aber nur was gut und sittlich ist, behaltet.» Dann schlug er das Neue Testament auf, blätterte ein Weilchen darin, bis er, was er suchte, gefunden hatte. «Hier, Dorchen», sagte er zu meiner Schwester, «das lies uns vor, das ist die Bergpredigt, da hören wir alle mit zu.» Da Dorchen stotterte und vor Angst nicht lesen konnte, nahm ihr Goethe die Bibel aus der Hand, las uns das ganze Kapitel laut vor und fügte ganz erbauliche Bemerkungen hinzu, wie wir sie von unserm Magister niemals gehört hatten. Dieser faßte nun auch wieder Mut und fragte bescheidentlich: «Der Herr sind wohl studiosus theologiae, werden mit Gottes Hilfe ein frommer Arbeiter im Weinberge des Herrn und ein getreuer Hirte der Herde werden.» – «Zuverlässig», fügte der Vater scherzend hinzu, «wird er sein Fäßchen in den Keller und sein Schäfchen ins Trockne bringen; an frommen Beichtkindern wird es ihm nicht fehlen.» So schloß die Lektion heiter, alle lachten über den Witz des Vaters, und wir eigentlich, ohne zu wissen, warum.

Goethe an seine Schwester, 11. 5. 1767 – Nun zu was muntererm, zu meinen Gedichten. Ich bin vergnügt, daß sie euch gefallen haben, ich hatte aber erwartet, daß du mir mehrere Nachricht schreiben würdest, was dir vorzüglich gefallen. Ich muß dir bekennen, daß ich lieber von einem

Mädgen als von einem Kritiker gerichtet werden will.

Da ich ganz ohne Stolz bin, kann ich meiner innerlichen Überzeugung glauben, die mir sagt, daß ich einige Eigenschaften besitze, die zu einem Poeten erfordert werden, und daß ich durch Fleiß einmal einer werden könnte. Ich habe von meinem zehenten Jahre, angefangen Verse zu schreiben, und habe geglaubt, sie seyen gut, jetzo in meinem 17ten sehe ich daß sie schlecht sind, aber ich bin doch 7 Jahre älter, und mache sie um 7 Jahre besser ... Seit dem November habe ich höchstens 15 Gedichte gemacht, die alle nicht sonderlich groß und wichtig sind, und von denen ich nicht eins Gellerten [Professor für Poesie, Rhetorik und Moral] zeigen darf, denn ich kenne seine jetzige Sentiments über die Poesie. Man lasse doch mich gehen, habe ich Genie; so werde ich Poete werden, und wenn mich kein Mensch verbessert, habe ich kein Genie; so helfen alle Kritiken nichts.

Und so begann diejenige Richtung, von der ich mein ganzes Leben über nicht abweichen konnte, nämlich dasjenige was mich erfreute oder quälte, oder sonst beschäftigte, in ein Bild, ein Gedicht zu verwandeln und darüber mit mir selbst abzuschließen, um sowohl meine Begriffe von den äußeren Dingen zu berichtigen, als mich im Innern deshalb zu beruhigen. Die Gabe war wohl niemand nötiger als mir, den seine Natur immerfort aus einem Extreme in das andere warf. Alles was daher von mir bekannt geworden, sind nur Bruchstücke einer großen Konfession.

Dichtung und Wahrheit II, 7

Blick vom Münster

Ich war in Straßburg im Wirtshaus «Zum Geist» abgestiegen und eilte sogleich, das sehnlichste Verlangen zu befriedigen und mich dem Münster zu nähern, welcher durch Mitreisende mir schon lange gezeigt und eine ganze Strecke her im Auge geblieben war. Als ich nun erst durch die schmale Gasse diesen Koloß gewahrte, sodann aber auf dem freilich sehr engen Platz allzu nah vor ihm stand, machte derselbe auf mich einen Eindruck ganz eigner Art, den ich aber, auf der Stelle zu entwikkeln unfähig, für diesmal nur dunkel mit mir nahm, indem ich das Gebäude eilig bestieg, um nicht den schönen Augenblick einer hohen und heitern Sonne zu versäumen, welche mir das weite reiche Land auf einmal offenbaren sollte.

Und so sah ich denn von der Plattform die schöne Gegend vor mir, in welcher ich eine Zeitlang wohnen und hausen durfte: die ansehnliche

Stadt, die weitumherliegenden, mit herrlichen dichten Bäumen besetzten und durchflochtenen Auen, diesen auffallenden Reichtum der Vegetation, der, dem Laufe des Rheins folgend, die Ufer, Inseln und Werder bezeichnet. Nicht weniger mit mannigfaltigem Grün geschmückt ist der von Süden herab sich ziehende flache Grund, welchen die Iller bewässert; selbst westwärts, nach dem Gebirge zu, finden sich manche Niederungen, die einen ebenso reizenden Anblick von Wald und Wiesenwuchs gewähren, so wie der nördliche mehr hügelige Teil von unendlichen kleinen Bächen durchschnitten ist, die überall ein schnelles Wachstum begünstigen. Denkt man sich nun zwischen diesen üppig ausgestreckten Matten, zwischen diesen fröhlich ausgesäeten Hainen alles zum Fruchtbau schickliche Land trefflich bearbeitet, grünend und reifend, und die besten und reichsten Stellen desselben durch Dörfer und Meierhöfe bezeichnet, und eine solche große und unübersehliche, wie ein neues Paradies für den Menschen recht vorbereitete Fläche näher und ferner von teils angebauten, teils waldbewachsenen Bergen begrenzt; so wird man das Entzücken begreifen, mit dem ich mein Schicksal segnete, das mir für einige Zeit einen so schönen Wohnplatz bestimmt hatte.

Ein solcher frischer Anblick in ein neues Land, in welchem wir uns eine Zeitlang aufhalten sollen, hat noch das Eigne, so Angenehme als Ahndungsvolle, daß das Ganze wie eine unbeschriebene Tafel vor uns liegt. Noch sind keine Leiden und Freuden, die sich auf uns beziehen, darauf verzeichnet; diese heitre, bunte, belebte Fläche ist noch stumm für uns; das Auge haftet nur an den Gegenständen, insofern sie an und für sich bedeutend sind, und noch haben weder Neigung noch Leidenschaft diese oder jene Stelle besonders herauszuheben; aber eine Ahndung dessen, was kommen wird, beunruhigt schon das junge Herz, und ein unbefriedigtes Bedürfnis fordert im stillen dasjenige, was kommen soll und mag, und welches auf alle Fälle, es sei nun Wohl oder Weh, unmerklich den Charakter der Gegend, in der wir uns befinden, annehmen wird.

Dichtung und Wahrheit

Erinnerung

Lieber Sohn! – Vermuthlich ist dir aus dem Sinne gekommen was du bey deiner Ankunft in Straßburg – da deine Gesundheit noch schwanckend war in dem Büchlein das dir Rath Moritz als Andencken mitgab, den ersten Tag deines dortseyns drinnen aufschlugst – du schriebst mirs und du warst wundersam bewegt – ich weiß es noch wie heute! Mache den Raum deiner Hütten weit, und breite aus die Teppige deiner Wohnung, spahre sein nicht – dehne deine Seile lang und stecke deine Nägel fest, denn du wirst aus brechen, zur rechten und zur linken. Jesaia–54.v.3.4. Gott stärcke dich ferner an Seele und Leib dieses ist mein täglicher Wunsch und das Gebeth deiner treuen-frohen-Mutter Goethe – den 7ten Februar 1801

Mit einem gemalten Band

Kleine Blumen, kleine Blätter
Streuen mir mit leichter Hand
Gute junge Frühlingsgötter
Tändelnd auf ein luftig Band.

Zephyr, nimm's auf deine Flügel,
Schling's um meiner Liebsten Kleid!
Und so tritt sie vor den Spiegel
All in ihrer Munterkeit.

Sieht mit Rosen sich umgeben,
Selbst wie eine Rose jung:
Einen Blick, geliebtes Leben!
Und ich bin belohnt genung.

Fühle, was dies Herz empfindet,
Reiche frei mir deine Hand,
Und das Band, das uns verbindet,
Sei kein schwaches Rosenband!

Frühjahr 1771

Ein Stahlbad

Die Tätigkeit eines Klopstock, eines Gleim stand in ihrer schönsten Blüte, als wir jungen Leute uns auch in unserem Kreise zu regen anfingen, und ich war so ziemlich auf dem Wege, mit jüngeren Freunden, wo nicht auch mit älteren Personen, in ein solches wechselseitiges Schönetun, Geltenlassen, Heben und Tragen zu geraten. In meiner Sphäre konnte das, was ich hervorbrachte, immer für gut gehalten werden. Frauenzimmer, Freunde, Gönner werden nicht schlecht finden, was man ihnen zu Liebe unternimmt und dichtet; aus solchen Verbindlichkeiten entspringt zuletzt der Ausdruck eines leeren Behagens an einander, in dessen Phrasen sich ein Charakter leicht verliert, wenn er nicht von Zeit zu Zeit zu höherer Tüchtigkeit gestählt wird.

Und so hatte ich von Glück zu sagen, daß, durch eine unerwartete Bekanntschaft, alles, was in mir von Selbstgefälligkeit, Bespiegelungslust,

Eitelkeit, Stolz und Hochmut ruhen oder wirken mochte, einer sehr harten Prüfung ausgesetzt ward, die in ihrer Art einzig, der Zeit keineswegs gemäß, und nur desto eindringender und empfindlicher war.

Denn das bedeutendste Ereignis, was die wichtigsten Folgen für mich haben sollte, war die Bekanntschaft und die daran sich knüpfende nähere Verbindung mit Herder. Er hatte den Prinzen von Holstein-Eutin auf Reisen begleitet und war mit ihm bis Straßburg gekommen. Unsere Sozietät, sobald sie seine Gegenwart vernahm, trug ein großes Verlangen sich ihm zu nähern, und mir begegnete dies Glück zuerst ganz unvermutet und zufällig. Ich war nämlich in den Gasthof «Zum Geist» gegangen, ich weiß nicht welchen bedeutenden Fremden aufzusuchen. Gleich unten an der Treppe fand ich einen Mann, der eben auch hinaufzusteigen im Begriff war, und den ich für einen Geistlichen halten konnte. Sein gepudertes Haar war in eine runde Locke aufgesteckt, das schwarze Kleid bezeichnete ihn gleichfalls, mehr noch aber ein langer, schwarzer, seidner Mantel, dessen Ende er zusammengenommen und in die Tasche gesteckt hatte. Dieses einigermaßen auffallende, aber doch im ganzen galante und gefällige Wesen, wovon ich schon hatte sprechen hören, ließ mich keineswegs zweifeln, daß er der berühmte Ankömmling sei, und meine Anrede mußte ihn sogleich überzeugen, daß ich ihn kenne. Er fragte nach meinem Namen, der ihm von keiner Bedeutung sein konnte; allein meine Offenheit schien ihm zu gefallen, indem er sie mit großer Freundlichkeit erwiderte, und, als wir die Treppe hinaufstiegen, sich sogleich zu einer lebhaften Mitteilung bereit finden ließ. Es ist mir entfallen, wen wir damals besuchten; genug, beim Scheiden bat ich mir die Erlaubnis aus, ihn bei sich zu sehen, die er mir denn auch freundlich genug erteilte. Ich versäumte nicht, mich dieser Vergünstigung wiederholt zu bedienen, und ward immer mehr von ihm angezogen. Er hatte etwas Weiches in seinem Betragen, das sehr schicklich und anständig war, ohne daß es eigentlich adrett gewesen wäre. Ein rundes Gesicht, eine bedeutende Stirn, eine etwas stumpfe Nase, einen etwas aufgeworfenen, aber höchst individuell angenehmen, liebenswürdigen Mund. Unter schwarzen Augenbrauen ein Paar kohlschwarze Augen, die ihre Wirkung nicht verfehlten, obgleich das eine rot und entzündet zu sein pflegte. Durch mannigfaltige Fragen suchte er sich mit mir und meinem Zustande bekannt zu machen, und seine Anziehungskraft wirkte immer stärker auf mich. Ich war überhaupt sehr zutraulicher Natur, und vor ihm besonders hatte ich gar kein Geheimnis. Es währte jedoch nicht lange, als der abstoßende Puls seines Wesens eintrat und mich in nicht geringes Mißbehagen versetzte. Ich erzählte ihm mancherlei von meinen Jugendbeschäftigungen und Liebhabereien, unter andern von einer Siegelsammlung, die ich hauptsächlich durch des korrespondenzreichen Hausfreundes meiner Eltern Teilnahme zusammengebracht. Ich sprach von diesen Dingen mit einiger Behaglichkeit; allein er war anderer Meinung, verwarf nicht allein dieses ganze Interesse, sondern wußte es mir auch lächerlich zu machen, ja beinahe zu verleiden.

Von diesem seinem Widersprechungsgeiste sollte ich noch gar manches ausstehen: denn er entschloß sich, teils weil er sich vom Prinzen abzusondern gedachte, teils eines Augenübels wegen, in Straßburg zu verweilen. Dieses Übel ist eins der beschwerlichsten und unangenehmsten, und um desto lästiger, als es nur durch eine schmerzliche, höchst verdrießliche und unsichere Operation geheilt werden kann. Das Tränensäckchen nämlich ist nach unten zu verschlossen, so daß die darin enthaltene Feuchtigkeit nicht nach der Nase hin und um so weniger abfließen kann, als auch dem benachbarten Knochen die Öffnung fehlt, wodurch diese Sekretion naturgemäß erfolgen sollte. Der Boden des Säckchens muß daher aufgeschnitten und der Knochen durchbohrt werden; da denn ein Pferdehaar durch den Tränenpunkt, ferner durch das eröffnete Säckchen und durch den damit in Verbindung gesetzten neuen Kanal gezogen und täglich hin und wider bewegt wird, um die Kommunikation zwischen beiden Teilen herzustellen, welches alles nicht getan noch erreicht werden kann, wenn nicht erst in jener Gegend äußerlich ein Einschnitt gemacht worden.

Ich konnte der Operation beiwohnen und einem so werten Manne auf mancherlei Weise dienstlich und behülflich sein. Hier fand ich nun alle Ursache, seine große Standhaftigkeit und Geduld zu bewundern: denn weder bei den vielfachen chirurgischen Verwundungen, noch bei dem oftmals wiederholten schmerzlichen Verbande bewies er sich im mindesten verdrießlich, und er schien derjenige von uns zu sein, der am wenigsten litt; aber in der Zwischenzeit hatten wir freilich den Wechsel seiner Laune vielfach zu ertragen.

Die ganze Zeit der Kur besuchte ich Herdern morgens und abends; ich blieb auch wohl ganze Tage bei ihm und gewöhnte mich in kurzem um so mehr an sein Schelten und Tadeln, als ich seine schönen und großen Eigenschaften, seine ausgebreiteten Kenntnisse, seine tiefen Einsichten täglich mehr schätzen lernte. Die Einwirkung dieses gutmütigen Polterers war groß und bedeutend. Er hatte fünf Jahre mehr als ich, welches in jüngeren Tagen schon einen großen Unterschied macht; und da ich ihn für das anerkannte, was er war, da ich dasjenige zu schätzen suchte, was er schon geleistet hatte, so mußte er eine große Superiorität über mich gewinnen. Aber behaglich war der Zustand nicht: denn ältere Personen, mit denen ich bisher umgegangen, hatten mich mit Schonung zu bilden gesucht, vielleicht auch durch Nachgiebigkeit verzogen; von Herdern aber konnte man niemals eine Billigung erwarten, man mochte sich anstellen wie man wollte. Da aber seine Gespräche jederzeit bedeutend waren, er mochte fragen, antworten oder sich sonst auf eine Weise mitteilen; so mußte er mich zu neuen Ansichten täglich, ja stündlich befördern. In Leipzig hatte ich mir eher ein enges und abgezirkeltes Wesen angewöhnt, und meine allgemeinen Kenntnisse der deutschen Literatur konnten durch meinen auf Leipzig folgenden Frankfurter Zustand nicht erweitert werden; ja mich hatten jene mystisch-religiösen chemischen Beschäftigungen, denen ich in dem Frankfurter Jahr oblag, in dunkle Regionen geführt, und was seit einigen Jahren in der weiten literarischen Welt vorgegangen, war mir meistens fremd geblieben. Nun wurde ich auf einmal durch Herder mit allem neuen Streben und mit allen den Richtungen bekannt, welche dasselbe zu nehmen schien. Er selbst hatte sich schon genugsam berühmt gemacht, und durch seine «Fragmente», die «Kritischen Wälder» und anderes unmittelbar an die Seite der vorzüglichsten Männer gesetzt, welche seit längerer Zeit die Augen des Vaterlands auf sich zogen.

Wir hatten nicht lange auf diese Weise zusammengelebt, als er mir vertraute, daß er sich um den Preis, welcher auf die beste Schrift über den Ursprung der Sprachen von Berlin ausgesetzt war, mit zu bewerben gedenke. Seine Arbeit war schon ihrer Vollendung nahe, und wie er eine sehr reinliche Hand schrieb, so konnte er mir bald ein lesbares Manuskript heftweise mitteilen. Ich las die Abhandlung mit großem Vergnügen und zu meiner besondern Kräftigung; allein ich stand nicht hoch genug, weder im Wissen noch im Denken, um ein Urteil darüber zu begründen. Ich bezeigte dem Verfasser daher meinen Beifall, indem ich nur wenige Bemerkungen, die aus meiner Sinnesweise herflossen, hinzufügte. Eins aber wurde wie das andre aufgenommen; man wurde gescholten und getadelt, man mochte nun bedingt oder unbedingt zustimmen. Der dicke Chirurgus hatte weniger Geduld als ich; er lehnte die Mitteilung dieser Preisschrift humoristisch ab, und versicherte, daß er gar nicht eingerichtet sei, über so abstrakte Materien zu denken. Er drang vielmehr aufs L'hombre, welches wir gewöhnlich abends zusammen spielten.

Nachdem die Kur länger als billig gedauert, Lobstein in seiner Behandlung zu schwanken und sich zu wiederholen anfing und die Sache kein Ende nehmen wollte, trübte sich das ganze Verhältnis: Herder ward ungeduldig und mißmutig, es wollte ihm nicht gelingen, seine Tätigkeit wie bisher fortzusetzen, und er mußte sich um so mehr einschränken, als man die Schuld des mißratenen chirurgischen Unternehmens auf Herders allzu große geistige Anstrengung und seinen ununterbrochenen lebhaften, ja lustigen Umgang mit uns zu schieben anfing. Genug, nach so viel Qual und Leiden wollte die künstliche Tränenrinne sich nicht bilden und die beabsichtigte Kommunikation nicht zustande kommen. Man sah sich genötigt, damit das Übel nicht ärger würde, die Wunde zugehn zu lassen. Wenn man nun bei der Operation Herders Standhaftigkeit unter solchen Schmerzen bewundern mußte, so hatte seine melancholische, ja grimmige Resignation in den Gedanken, zeitlebens einen solchen Makel tragen zu müssen, etwas wahrhaft Erhabenes, wodurch er sich die Verehrung derer, die ihn schauten und liebten, für immer zu eigen machte.

Er eilte nun, sobald als möglich von Straßburg wegzukommen, und weil sein bisheriger Aufenthalt so kostbar als unangenehm gewesen, erborgte ich eine Summe Geldes für ihn, die er auf einen bestimmten Termin zu erstatten versprach. Die Zeit verstrich, ohne daß das Geld ankam. Mein Gläubiger mahnte mich zwar nicht, aber ich war doch mehrere Wochen in Verlegenheit. Endlich kam Brief und Geld, und auch hier verleugnete er sich nicht: denn anstatt eines Dankes, einer Entschuldigung enthielt sein Schreiben lauter spöttliche Dinge in Knittelversen, die einen andern irre, oder gar abwendig gemacht hätten; mich aber rührte das nicht weiter, da ich von seinem Wert einen so großen und mächtigen Begriff gefaßt hatte, der alles Widerwärtige verschlang, was ihm hätte schaden können.

Ehe ich nun von jenem für mich so bedeutenden und folgereichen Verhältnisse zu Herdern den Blick hinwegwende, finde ich noch einiges nachzubringen. Es war nichts natürlicher, als daß ich nach und nach in Mitteilung dessen, was bisher zu meiner Bildung beigetragen, besonders aber solcher Dinge, die mich noch in dem Augenblicke ernstlich beschäftigten, gegen Herdern immer karger und karger ward.

Am sorgfältigsten verbarg ich ihm das Interesse an gewissen Gegenständen, die sich bei mir eingewurzelt hatten und sich nach und nach zu poetischen Gestalten ausbilden wollten. Es war Götz von Berlichingen und Faust. Die Lebensbeschreibung des erstern hatte mich im Innersten ergriffen und die bedeutende Puppenspielfabel des andern klang und summte gar vieltönig in mir wider. Auch ich hatte mich in allem Wissen umhergetrieben und war früh genug auf die Eitelkeit desselben hingewiesen worden. Ich hatte es auch im Leben auf allerlei Weise versucht, und war immer unbefriedigter und gequälter zurückgekommen. Nun trug ich diese Dinge, sowie manche andre, mit mir herum und ergetzte mich daran in einsamen Stunden, ohne jedoch etwas davon aufzuschreiben. Von poetischen Arbeiten glaube ich ihm «Die Mitschuldigen» vorgelegt zu haben, doch erinnere ich mich nicht, daß mir irgend eine Zurechtweisung oder Aufmunterung von seiner Seite hierüber zuteil geworden wäre. Aber bei diesem allen blieb er, der er war; was von ihm ausging, wirkte, wenn auch nicht erfreulich, doch bedeutend; ja seine Handschrift sogar übte auf mich eine magische Gewalt aus. Ich erinnere mich nicht, daß ich eins seiner Blätter, ja nur ein Couvert von seiner Hand, zerrissen oder verschleudert hätte; dennoch ist mir, bei den so mannigfaltigen Ort- und Zeitwechseln, kein Dokument jener wunderbaren, ahndungsvollen und glücklichen Tage übrig geblieben.

Dichtung und Wahrheit II, 10

Für Friederike Brion

Erwache, Friederike,
Vertreib die Nacht,
Die einer deiner Blicke
Zum Tage macht.
Der Vögel sanft Geflüster
Ruft liebevoll
Daß mein geliebt Geschwister
Erwachen soll.

Es zittert Morgenschimmer
Mit blödem Licht
Errötend durch dein Zimmer
Und weckt dich nicht.
Am Busen deiner Schwester,
Der für dich schlagt,
Entschläfst du immer fester,
Je mehr es tagt.

Die Nachtigall im Schlafe
Hast du versäumt,
So höre nun zur Strafe,
Was ich gereimt.
Schwer lag auf meinem Busen
Des Reimes Joch:
Die schönste meiner Musen,
Du, schliefst ja noch.

Im Pfarrhaus zu Sesenheim, Sommer 1771

Aber freilich tausend und tausend Gedanken steigen in mir auf und ab. Meine Seele ist wie ein ewiges Feuerwerk ohne Rast.

An Frau v. Stein, 30. 6. 1780

Es bleibt wohl dabei, meine Lieben, daß ich ein Mensch bin, der von der Mühe lebt.

Italienische Reise III, 12. 9. 1787

Ich kann nicht verderben, da ich auch aus Steinen und Erde Brot machen kann.

An Frau v. Stein, 11. 3. 1781

Oh, ich kann wohl auch bestialisch sein und verstehe mich gar sehr darauf; aber es ist doch verdrießlich, die rauhe Seite herauskehren zu müssen.

Zu Kanzler Müller, 3. 4. 1824

Und wäre es meine Aufgabe, diese Streusandbüchse, die oben vor mir steht, immerfort auszuschütten und wieder aufzufüllen – ich würde es mit unermüdeter Geduld und genauester Sorgfalt tun.

Zu Kanzler Müller, letzte Lebensjahre

«DICHTEN IST EIN ÜBERMUT»

Erfolg und Schulden

Das Leben des biedern Götz von Berlichingen, von ihm selbst geschrieben, trieb mich in die historische Behandlungsart, und meine Einbildungskraft dehnte sich dergestalt aus, daß auch meine dramatische Form alle Theatergrenzen überschritt, und sich den lebendigen Ereignissen mehr und mehr zu nähern suchte. Ich hatte mich davon, so wie ich vorwärts ging, mit meiner Schwester umständlich unterhalten, die an solchen Dingen mit Geist und Gemüt teilnahm, und ich erneuerte diese Unterhaltung so oft, ohne nur irgend zum Werke zu schreiten, daß sie zuletzt ungeduldig und wohlwollend dringend bat, mich nur nicht immer mit Worten in die Luft zu ergehn, sondern endlich einmal das, was mir so gegenwärtig wäre, auf das Papier festzubringen. Durch diesen Antrieb bestimmt, fing ich eines Morgens, im November 1771, zu schreiben an, ohne daß ich einen Entwurf oder Plan vorher aufgesetzt hätte. Ich schrieb die ersten Szenen, und abends wurden sie Cornelien vorgelesen. Sie schenkte ihnen vielen Beifall, jedoch nur bedingt, indem sie zweifelte, daß ich so fortfahren würde, ja sie äußerte sogar einen entschiedenen Unglauben an meine Beharrlichkeit. Dieses reizte mich nur um so mehr, ich fuhr den nächsten Tag fort, und so den dritten; die Hoffnung wuchs bei den täglichen Mitteilungen, auch mir ward alles von Schritt zu Schritt lebendiger, indem mir ohnehin der Stoff durchaus eigen geworden; und so hielt ich mich ununterbrochen ans Werk, das ich geradeswegs verfolgte, ohne weder rückwärts, noch rechts, noch links zu sehn, und in etwa sechs Wochen hatte ich das Vergnügen, das Manuskript geheftet zu erblicken. Ich teilte es Mercken mit, der verständig und wohlwollend darüber sprach; ich sendete es Herdern zu, der sich unfreundlich und hart dagegen äußerte, und nicht ermangelte, in einigen gelegentlichen Schmähgedichten mich deshalb mit spöttischen Namen zu bezeichnen. Ich ließ mich dadurch nicht irre machen, sondern faßte meinen Gegenstand scharf ins Auge; der Wurf war einmal getan, und es fragte sich nur, wie man die Steine im Brett vorteilhaft setzte. Ich sah wohl, daß mir auch hier niemand raten würde, und ohne an dem ersten Manuskript irgend etwas zu verändern, welches ich wirklich noch in seiner Urgestalt besitze, nahm ich mir vor, das Ganze umzuschreiben, und leistete dies auch mit solcher Tätigkeit, daß in wenigen Wochen ein ganz erneutes Stück vor mir lag. Ich ging damit um so rascher zu Werke, je weniger ich die Absicht hatte, diese zweite Bearbeitung jemals drucken zu lassen, sondern sie gleichfalls nur als Vorübung ansah, die ich künftig, bei einer mit mehrerem Fleiß und Überlegung anzustellenden neuen Behandlung, abermals zum Grunde legen wollte.

Als ich nun mancherlei Vorschläge, wie ich dies anzufangen gedächte, Mercken vorzutragen anfing, spottete er mein und fragte, was denn das ewige Arbeiten und Umarbeiten heißen solle? Die Sache werde dadurch nur anders und selten besser; man müsse sehn, was das *eine* für Wirkung tue, und dann immer wieder was Neues unternehmen. – «Bei Zeit auf die Zäun', so trocknen die Windeln!» rief er sprüchwörtlich aus; das Säumen und Zaudern mache nur unsichere Menschen. Ich erwiderte ihm dagegen, daß es unangenehm sein würde, eine Arbeit, an die ich so viele Neigung verwendet, einem Buchhändler anzubieten, und mir vielleicht gar eine abschlägige Antwort zu holen: denn wie sollten sie einen jungen, namenlosen und noch dazu verwegenen Schriftsteller beurteilen?

Hier ward nun meines Freundes technisch-merkantilische Lust auf einmal rege. Durch die Frankfurter Zeitung hatte er sich schon mit Gelehrten und Buchhändlern in Verbindung gesetzt, wir sollten daher, wie er meinte, dieses seltsame und gewiß auffallende Werk auf eigne Kosten herausgeben, und es werde davon ein guter Vorteil zu ziehen sein; wie er denn, mit so vielen andern, öfters den Buchhändlern ihren Gewinn nachzurechnen pflegte, der bei manchen Werken freilich groß war, besonders wenn man außer acht ließ, wie viel wieder an anderen Schriften und durch sonstige Handelsverhältnisse verloren geht. Genug, es ward ausgemacht, daß ich das Papier anschaffen, er aber für den Druck sorgen solle; und somit ging es frisch ans Werk, und mir gefiel es gar nicht übel, meine wilde dramatische Skizze nach und nach in saubern Aushängebogen zu sehen: sie nahm sich wirklich reinlicher aus, als ich selbst gedacht. Wir vollendeten das Werk, und es ward im Juni 1773 in vielen Paketen versendet. Nun dauerte es nicht lange, so entstand überall eine große Bewegung; das Aufsehen, das es machte, ward allgemein. Weil wir aber, bei unsern beschränkten Verhältnissen, die Exemplare nicht schnell genug nach allen Orten zu verteilen vermochten, so erschien plötzlich ein Nachdruck; und da überdies gegen unsere Aussendungen freilich so bald keine Erstattung, am allerwenigsten eine bare, zurückerfolgen konnte: so war ich, als Haussohn, dessen Kasse nicht in reichlichen Umständen sein konnte, zu einer Zeit, wo man mir von allen Seiten her viel Aufmerksamkeit, ja sogar vielen Beifall erwies, höchst verlegen, wie ich nur das Papier bezahlen sollte, auf welchem ich die

Welt mit meinem Talent bekannt gemacht hatte. Merck, der sich schon eher zu helfen wußte, hegte dagegen die besten Hoffnungen, daß sich nächstens alles wieder ins gleiche stellen würde; ich bin aber nichts davon gewahr worden.

Dichtung und Wahrheit III, 13

Kritik

Der Teutsche Merkur, September 1773 – ... und doch das schönste, interessanteste Monstrum, gegen welches wir hundert von unsern komisch-weinerlichen Schauspielen ausgetauscht haben möchten.

Friedrich der Große, April 1774 – Eine abscheuliche Nachahmung dieser schlechten englischen Stücke von Shakespeare. Das Publikum klatschte und verlangte begeistert die Wiederholung dieser geschmacklosen Plattheiten.

Wieland, Juni 1774 – Junge mutige Genien sind wie junge mutige Füllen; das strotzt von Leben und Kraft, tummelt sich wie unsinnig umher, schnaubt und wiehert, wälzt sich und bäumt sich, schnappt und beißt, springt an den Leuten hinauf, schlägt vorn und hinten aus, und will sich weder fangen noch reiten lassen. Desto besser! – Möchten wir viele solche Ungeheuer haben!

Gothaische Gelehrte Zeitungen, 30. 11. 1774 – Seit langem haben sich die deutschen Leser von allem Alter, Beruf, Vorurteilen und Sekten nicht so sehr über ein neues Werk vereinigt, als über Götz von Berlichingen.

Goethe zu Eckermann, 16. 2. 1826 – Ich tat einen glücklichen Griff mit meinem Götz von Berlichingen; das war doch Bein von meinem Bein und Fleisch von meinem Fleisch, und es schon etwas damit zu machen ...

Wandrers Sturmlied

Wen du nicht verlässest, Genius,
Nicht der Regen, nicht der Sturm
Haucht ihm Schauer übers Herz.
Wen du nicht verlässest, Genius,
Wird der Regenwolke
Wird dem Schloßensturm
Entgegen singen
Wie die Lerche
Du dadroben ...

wohl aus dem Frühjahr 1772

Metamorphose

Mitte August 1772 meldete sich ein junger Mann in vernachlässigter Kleidung und mit linkischer Haltung zum Besuche bei Höpfner mit dem Vorbringen an, er habe dringend mit dem Herrn Professor etwas zu sprechen. Höpfner, obgleich damit beschäftigt, sich zum Gang in eine Vorlesung vorzubereiten, nahm den jungen Mann an. Die ganze Art und Weise, wie sich derselbe beim Eintreten und Platznehmen anstellte, ließ Höpfner vermuten, daß er es mit einem Studenten zu tun habe, der sich in Geldverlegenheiten befinde. In dieser Ansicht wurde Höpfner dadurch bestärkt, daß der junge Mann damit seine Unterhaltung anfing, in ausführlichster Weise seine Familien- und Lebensverhältnisse zu schildern, und dabei von Zeit zu Zeit durchblicken ließ, daß diese nicht die glänzendsten seien. Gedrängt durch die herannahende Collegstunde entschloß sich der Professor sehr bald, dem jungen Mann ohne weiteres eine Geldunterstützung zufließen zu lassen und damit zugleich der peinlichen Unterhaltung ein Ende zu machen. Kaum gab er jedoch diese Absicht dadurch zu erkennen, daß er nach dem Geldbeutel in seiner Tasche suchte, so wendete der vermeintliche Bettelstudent das Gespräch wissenschaftlichen Fragen zu und entfernte sehr bald den Verdacht, daß er gekommen, um ein Geldgeschenk in Anspruch zu nehmen. Sobald der junge Mann bemerkte, daß der Herr Professor eine andere Ansicht von ihm gewonnen, nahm das Gespräch jedoch die alte Wendung, und die Andeutung des Studenten, daß es schließlich doch auf das Verlangen nach einer Unterstützung abgesehen sei, wurde immer verständlicher. Nachdem Höpfner auf diese Weise ein und das andere Mal sich in der Lage befunden hatte, dem jungen Manne Geld anzubieten und dann wieder davon abstehen zu müssen glaubte, entfernte sich der Student rasch und ließ den Herrn Professor voll Zweifel und Vermutung über diesen rätselhaften Besuch zurück.

Als Höpfner am Abend desselben Tages, doch etwas später wie gewöhnlich, in das Lokal trat, wo sich die Professoren der Universität gesellschaftlich zusammenzufinden pflegten, fand er daselbst ein vollständiges Durcheinander. Die ganz besonders zahlreiche Gesellschaft war um einen einzigen Tisch herum gruppiert, teils sitzend, teils stehend, ja einige der gelehrten Herren standen auf Stühlen und schauten über die Köpfe ihrer Kollegen in den Kreis der Versammelten hinein, aus dessen Mitte die volle Stimme eines Mannes hervordrang, der mit begeisterter Rede seine Zuhörer bezauberte. Auf Höpfners Frage, was da vorgehe, wird ihm die Antwort: Goethe aus Wetzlar sei schon seit einer Stunde hier. Die Unterhaltung habe nach und nach sich so gestaltet, daß Goethe fast nur allein spräche und alle verwundert und begeistert ihm zuhörten.

Höpfner, voll Verlangen den Dichter des Götz zu sehen, besteigt einen Stuhl, schaut in den Kreis hinein und erblickt seinen Bettelstudenten zu einem Götterjüngling umgewandelt. Höpfners Erstaunen läßt sich denken.

August 1772, von Höpfners Frau erzählt

Ball zu Volpertshausen

Ich schrieb Dir neulich, wie ich den Amtmann S.. habe kennenlernen, und wie er mich gebeten habe, ihn bald in seiner Einsiedelei oder vielmehr seinem kleinen Königreiche zu besuchen. Ich vernachlässigte das und wäre vielleicht nie hingekommen, hätte mir der Zufall nicht den Schatz entdeckt, der in der stillen Gegend verborgen liegt.

Unsere jungen Leute hatten einen Ball auf dem Lande angestellt, zu dem ich mich denn auch willig finden ließ. Ich bot einem hiesigen guten, schönen, übrigens unbedeutenden Mädchen die Hand, und es wurde ausgemacht, daß ich eine Kutsche nehmen, mit meiner Tänzerin und ihrer Base nach dem Orte der Lustbarkeit hinausfahren, und auf dem Wege Charlotten S.. mitnehmen sollte. – Sie werden ein schönes Frauenzimmer kennenlernen, sagte meine Gesellschafterin, da wir durch den weiten ausgehauenen Wald nach dem Jagdhause fuhren. – Nehmen Sie sich in acht, versetzte die Base, daß Sie sich nicht verlieben! – Wieso? sagte ich. – Sie ist schon vergeben, antwortete jene, an einen sehr braven Mann, der weggereist ist, seine Sachen in Ordnung zu bringen, weil sein Vater gestorben ist, und sich um eine ansehnliche Versorgung zu bewerben. – Die Nachricht war mir ziemlich gleichgültig.

Die Sonne war noch eine Viertelstunde vom Gebirge, als wir vor dem Hoftore anfuhren. Es war sehr schwül, und die Frauenzimmer äußerten ihre Besorgnis wegen eines Gewitters, das sich in weißgrauen dumpfichten Wölkchen rings am Horizonte zusammenzuziehen schien. Ich täuschte ihre Furcht mit anmaßlicher Wetterkunde, ob mir gleich selbst zu ahnen anfing, unsere Lustbarkeit werde einen Stoß leiden.

Ich war ausgestiegen, und eine Magd, die ans Tor kam, bat uns, einen Augenblick zu verziehen, Mamsell Lottchen würde gleich kommen. Ich ging durch den Hof nach dem wohlgebauten Hause, und da ich die vorliegenden Treppen hinaufgestiegen war und in die Tür trat, fiel mir das reizendste Schauspiel in die Augen, das ich je gesehen habe. In dem Vorsaale wimmelten sechs Kinder von elf zu zwei Jahren um ein Mädchen von schöner Gestalt, mittlerer Größe, die ein simples weißes Kleid mit blaßroten Schleifen an Arm und Brust anhatte. Sie hielt ein schwarzes Brot und schnitt ihren Kleinen ringsherum jedem sein Stück nach Proportion ihres Alters und Appetits ab, gab's jedem mit solcher Freundlichkeit, und jedes rief so ungekünstelt sein: Danke! indem es mit den kleinen Händchen lange in die Höhe gereicht hatte, ehe es noch abgeschnitten war, und nun mit seinem Abendbrote vergnügt entweder wegsprang oder nach seinem stillern Charakter gelassen davonging nach dem Hoftore zu, um die Fremden und die Kutsche zu sehen, darin ihre Lotte wegfahren sollte. – Ich bitte um Vergebung, sagte sie, daß ich Sie hereinbemühe und die Frauenzimmer warten lasse. Über dem Anziehen und allerlei Bestellungen fürs Haus in meiner Abwesenheit habe ich vergessen, meinen Kindern ihr Vesperbrot zu geben, und sie wollen von niemandem Brot geschnitten haben als von mir. – Ich machte ihr ein unbedeutendes Kompliment, meine ganze Seele ruhte auf der Gestalt, dem Tone, dem Betragen, und ich hatte eben Zeit, mich von der Überraschung zu erholen, als sie in die Stube lief, ihre Handschuhe und den Fächer zu holen. Die Kleinen sahen mich in einiger Entfernung so von der Seite an, und ich ging auf das jüngste los, das ein Kind von der glücklichsten Gesichtsbildung war. Es zog sich zurück, als eben Lotte zur Türe herauskam und sagte: Louis, gib dem Herrn Vetter eine Hand. – Das tat der Knabe sehr freimütig, und ich konnte mich nicht enthalten, ihn, ungeachtet seines kleinen Rotznäschens, herzlich zu küssen. – Vetter? sagte ich, indem ich ihr die Hand reichte, glauben Sie, daß ich des Glücks wert sei, mit Ihnen verwandt zu sein? – Oh, sagte sie mit einem leichtfertigen Lächeln: unsere Vetterschaft ist sehr weitläufig, und es wäre mir leid, wenn Sie der schlimmste drunter sein sollten. – Im Gehen gab sie Sophien, der ältesten Schwester nach ihr, einem Mädchen von ungefähr elf Jahren, den Auftrag, wohl auf die Kinder acht zu haben und den Papa zu grüßen, wenn er vom Spazierritte nach Hause käme. Den Kleinen sagte sie, sie sollten ihrer Schwester Sophie folgen, als wenn sie's selber wäre, das denn auch einige ausdrücklich versprachen. Eine kleine naseweise Blondine aber, von ungefähr sechs Jahren, sagte: Du bist's doch nicht, Lottchen, wir haben dich doch lieber. – Die zwei ältesten Knaben waren auf die Kutsche geklettert, und auf mein Vorbitten erlaubte sie ihnen, bis vor den Wald mitzufahren, wenn sie versprächen, sich nicht zu necken und sich recht festzuhalten.

Wir hatten uns kaum zurechtgesetzt, die Frauenzimmer sich bewillkommt, wechselweise über den Anzug, vorzüglich über die Hüte ihre Anmerkungen gemacht und die Gesellschaft, die man erwartete, gehörig durchgezogen: als Lotte den Kutscher halten und ihre Brüder herabsteigen ließ, die noch einmal ihre Hand zu küssen begehrten, das denn der älteste mit aller Zärtlichkeit, die dem Alter von fünfzehn Jahren eigen sein kann, der andere mit viel Heftigkeit und Leichtsinn tat. Sie ließ die Kleinen noch einmal grüßen und wir fuhren weiter.

Die Base fragte, ob sie mit dem Buche fertig wäre, das sie ihr neulich geschickt hätte? – Nein, sagte Lotte, es gefällt mir nicht, Sie können's wieder haben. Das vorige war auch nicht besser. – Ich erstaunte, als ich fragte, was es für Bücher wären? – Ich fand so viel Charakter in allem, was sie sagte, ich sah mit jedem Wort neue Reize, neue Strahlen des Geistes aus ihren Gesichtszügen hervorbrechen, die sich nach und nach vergnügt zu entfalten schienen, weil sie an mir fühlte, daß ich sie verstand.

Wie ich jünger war, sagte sie, liebte ich nichts so sehr als Romane. Weiß Gott, wie wohl mir's war, wenn ich mich sonntags so in ein Eckchen setzen und mit ganzem Herzen an dem Glück und Unstern einer Miß Jenny teilnehmen konnte. Ich leugne auch nicht, daß die Art noch einige Reize für mich hat. Doch da ich so selten an ein Buch komme, so muß es auch recht nach meinem Geschmack sein. Und der Autor ist mir der liebste, in dem ich meine Welt wieder finde, bei dem es zugeht wie um mich, und dessen Geschichte mir doch so interessant und herzlich wird als mein eigen häuslich Leben, das freilich kein Paradies, aber doch im ganzen eine Quelle unsäglicher Glückseligkeit ist.

Das Gespräch fiel aufs Vergnügen am Tanze. – Wenn diese Leidenschaft ein Fehler ist, sagte Lotte, so gestehe ich Ihnen gern, ich weiß mir nichts übers Tanzen. Und wenn ich was im Kopfe habe und mir auf meinem verstimmten Klavier einen Kontretanz vortrommle, so ist alles wieder gut.

Wie ich mich unter dem Gespräche in den schwarzen Augen weidete, wie die lebendigen Lippen und die frischen muntern Wangen meine ganze Seele anzogen! wie ich, in den herrlichen Sinn ihrer Rede ganz versunken, oft gar die Worte nicht hörte, mit denen sie sich ausdrückte! – davon hast Du eine Vorstellung, weil Du mich kennst. Kurz, ich stieg aus dem Wagen wie ein Träumender, als wir vor dem Lusthause stillehielten, und war so in Träumen rings in der dämmernden Welt verloren, daß ich auf die Musik kaum achtete, die uns von dem erleuchteten Saal herunter entgegenschallte.

Die zwei Herrn Audran und ein gewisser N. N. – wer behält alle die Namen! –, die der Base und Lottens Tänzer waren, empfingen uns am Schlage, bemächtigten sich ihrer Frauenzimmer, und ich führte das meinige hinauf.

Wir schlangen uns in Menuetts umeinander herum; ich forderte ein Frauenzimmer nach dem andern auf, und just die unleidlichsten konnten nicht dazu kommen, einem die Hand zu reichen und ein Ende zu machen. Lotte und ihr Tänzer fingen einen Englischen an, und wie wohl mir's war, als sie auch in der Reihe die Figur mit uns anfing, magst Du fühlen. Tanzen muß man sie sehen! Siehst Du, sie ist so mit ganzem Herzen und mit ganzer Seele dabei, ihr ganzer Körper Eine Harmonie, so sorglos, so unbefangen, als wenn das eigentlich alles wäre, als wenn sie sonst nichts dächte, nichts empfände; und in dem Augenblicke gewiß schwindet alles andere vor ihr.

Ich bat sie um den zweiten Kontretanz; sie sagte mir den dritten zu und mit der liebenswürdigsten Freimütigkeit von der Welt versicherte sie mir, daß sie herzlich gern Deutsch tanze. – Es ist hier so Mode, fuhr sie fort, daß jedes Paar, das zusammengehört, beim Deutschen zusammenbleibt, und mein Chapeau walzt schlecht und dankt mir's, wenn ich ihm die Arbeit erlasse. Ihr Frauenzimmer kann's auch nicht und mag nicht, und ich habe im Englischen gesehn, daß Sie gut walzen; wenn Sie nun mein sein wollen fürs Deutsche, so gehn Sie und bitten sich's von meinem Herrn aus, und ich will zu Ihrer Dame gehen. – Ich gab ihr die Hand darauf, und wir machten aus, daß ihr Tänzer inzwischen meine Tänzerin unterhalten sollte.

Nun ging's an! und wir ergetzten uns eine Weile an mannigfaltigen Schlingungen der Arme. Mit welchem Reize, mit welcher Flüchtigkeit bewegte sie sich! und da wir nun gar ans Walzen kamen und wie die Sphären umeinander herumrollten, ging's freilich anfangs, weil's die wenigsten können, ein bißchen bunt durcheinander. Wir waren klug und ließen sie austoben, und als die Ungeschicktesten den Plan geräumt hatten, fielen wir ein und hielten mit noch einem Paare, mit Audran und seiner Tänzerin, wacker aus. Nie ist mir's so leicht vom Flecke gegangen. Ich war kein Mensch mehr. Das liebenswürdigste Geschöpf in den Armen zu haben und mit ihr herumzufliegen wie Wetter, daß alles rings umher verging, und – Wilhelm, um ehrlich zu sein, tat ich aber doch den Schwur, daß ein Mädchen, das ich liebte, auf das ich Ansprüche hätte, mir nie mit einem andern walzen sollte als mit mir, und wenn ich drüber zugrunde gehen müßte. Du verstehst mich!

Wir machten einige Touren gehend im Saale, um zu verschnaufen. Dann setzte sie sich, und die Orangen, die ich beiseite gebracht hatte, die nun die einzigen noch übrigen waren, taten vortreffliche Wirkung, nur daß mir mit jedem Schnittchen, das sie einer unbescheidenen Nachbarin ehrenhalben zuteilte, ein Stich durchs Herz ging.

Beim dritten englischen Tanz waren wir das zweite Paar. Wie wir die Reihe durchtanzten und ich, weiß Gott mit wie viel Wonne, an ihrem Arm und Auge hing, das voll vom wahrsten Ausdruck des offensten reinsten Vergnügens war, kommen wir an eine Frau, die mir wegen ihrer liebenswürdigen Miene auf einem nicht mehr ganz jungen Gesichte merkwürdig gewesen war. Sie sieht Lotten lächelnd an, hebt einen drohenden Finger auf und nennt den Namen Albert zweimal im Vorbeifliegen mit viel Bedeutung.

Wer ist Albert? sagte ich zu Lotten, wenn's nicht Vermessenheit ist zu fragen. – Sie war im Begriff zu antworten, als wir uns scheiden mußten, um die große Achte zu machen, und mich dünkte, einiges Nachdenken auf ihrer Stirn zu sehen, als wir so voreinander vorbeikreuzten. – Was soll ich's Ihnen leugnen, sagte sie, indem sie mir die Hand zur Promenade bot. Albert ist ein braver Mensch, dem ich so gut als verlobt bin. – Nun war mir das nichts Neues (denn die Mädchen hatten mir's auf dem Wege gesagt) und war mir doch so ganz neu, weil ich es noch nicht im Verhältnis auf sie, die mir in so wenig Augenblicken so wert geworden war, gedacht hatte. Genug, ich verwirrte mich, vergaß mich und kam zwischen das unrechte Paar hinein, daß alles drunter und drüber ging und Lottens ganze Gegenwart und Zerren und Ziehen nötig war, um es schnell wieder in Ordnung zu bringen.

Der Tanz war noch nicht zu Ende, als die Blitze, die wir schon lange am Horizonte leuchten gesehn, und die ich immer für Wetterkühlen ausgegeben hatte, viel stärker zu werden anfingen und der Donner die Musik überstimmte. Drei Frauenzimmer liefen aus der Reihe, denen ihre Herren folgten; die Unordnung wurde allgemein, und die Musik hörte auf. Es ist natürlich, wenn uns ein Unglück oder etwas Schreckliches im Vergnügen überrascht, daß es stärkere Eindrücke auf uns macht als sonst, teils wegen des Gegensatzes, der sich so lebhaft empfinden läßt, teils und noch mehr, weil unsere Sinne einmal der Fühlbarkeit geöffnet sind und also desto schneller einen Eindruck annehmen. Diesen Ursachen muß ich die wunderbaren Grimassen zuschreiben, in die ich mehrere Frauenzimmer ausbrechen sah. Die klügste setzte sich in eine Ecke, mit dem Rücken gegen das Fenster, und hielt die Ohren zu. Eine andere kniete vor ihr nieder und verbarg den Kopf in der ersten Schoß. Eine dritte schob sich zwischen beide hinein und umfaßte ihre Schwesterchen mit tausend Tränen. Einige wollten nach Hause; andere, die noch weniger wußten, was sie taten, hatten nicht so viel Besinnungskraft, den Keckheiten unserer jungen Schlucker zu steuern, die sehr beschäftigt zu sein schienen, alle die ängstlichen Gebete, die dem Himmel bestimmt waren, von den Lippen der schönen Bedrängten wegzufangen. Einige unserer Herren hatten sich hinabbegeben, um ein Pfeifchen in Ruhe zu rauchen; und die übrige Gesellschaft schlug es nicht aus, als die Wirtin auf den klugen Einfall kam, uns ein Zimmer anzuweisen, das Läden und Vorhänge hätte. Kaum waren wir da angelangt, als Lotte beschäftigt war, einen Kreis von Stühlen zu stellen, und als sich die Gesellschaft auf ihre Bitte gesetzt hatte, den Vortrag zu einem Spiele zu tun.

Ich sah manchen, der in Hoffnung auf ein saftiges Pfand sein Mäulchen spitzte und seine Glieder reckte. – Wir spielen Zählens, sagte sie. Nun gebt acht! Ich geh' im Kreise herum von der Rechten zur Linken, und so zählt ihr auch rings herum, jeder die Zahl, die an ihn kommt, und das muß gehen wie ein Lauffeuer, und wer stockt oder sich irrt, kriegt eine Ohrfeige, und so bis tausend. – Nun war das lustig anzusehen. Sie ging mit ausgestrecktem Arm im Kreis herum. Eins, fing der erste an, der Nachbar zwei, drei der folgende und so fort. Dann fing sie an geschwinder zu gehn, immer geschwinder; da versah's einer, patsch! eine Ohrfeige, und über das Gelächter der folgende auch patsch! Und immer geschwinder. Ich selbst kriegte zwei Maulschellen und glaubte mit innigem Vergnügen zu bemerken, daß sie stärker seien, als sie sie den übrigen zuzumessen pflegte. Ein allgemeines Gelächter und Geschwärm endigte das Spiel, ehe noch das Tausend ausgezählt war. Die Vertrautesten zogen einander beiseite, das Gewitter war vorüber, und ich folgte Lotten in den Saal. Unterwegs sagte sie: Über die Ohrfeigen haben sie Wetter und alles vergessen! – Ich konnte ihr nichts antworten. – Ich war, fuhr sie fort, eine der Furchtsamsten, und indem ich mich herzhaft stellte, um den andern Mut zu geben, bin ich mutig geworden. – Wir traten ans Fenster. Es donnerte abseitwärts, und der herrliche Regen säuselte auf das Land, und der erquickendste Wohlgeruch stieg in aller Fülle einer warmen Luft zu uns auf.

Werther, 1. Buch, am 16. Junius

Der Werther-Ruhm

F. H. Jacobi, 21. 10. 1774 – Ich habe Werthers Leiden [gerade erschienen] und habe sie dreimal gelesen. Meine Seele ist zu voll, Lieber, alles unaussprechlich ...

Auguste Gräfin zu Stolberg, 14. 11. 1774 – Ich kann Ihnen versichern, daß ich fast nichts mit dem Entzücken gelesen habe wie Werthers Leiden. Ich weiß fast das ganze Buch auswendig.

Ch. D. Schubarth, 5. 12. 1774 – Da sitz ich mit zerfloßenem Herzen und sag dir Leser, daß ich eben die Leiden des jungen Werther von meinem lieben Goethe – gelesen? – nein, verschlungen habe. Kritisieren soll ich? Könnt ich's, so hätt ich kein Herz. Soll ich einige schöne Stellen herausheben? Kann nicht. Das hieße mit dem Brennglas Schwamm anzünden und sagen: Schau, Mensch, das ist Sonnenfeuer! – Kaufs Buch und lies selbst!

[*1775* erscheint die erste französische Übersetzung.]
[*1779* erscheint die erste englische Übersetzung.]

Goethe, Tagebuch, 30. 5. 1780 – Las meinen Werther, seit er gedruckt ist, zum erstenmal ganz und verwunderte mich.

[*1781* erscheint die erste italienische Übersetzung.]

W. von Humboldt, 30. 5. 1789 – Werther las ich in diesem Winter zum erstenmal. Ich fand ihn einen Abend auf den Tisch eines Freundes, und ich konnte nicht aufhören, bis ich am Morgen damit fertig war. Welch ein Buch! Die Fülle der Erfindungen und Ideen, die Bemerkungen über Menschen, Leben, Schicksal, die herrlichen Naturbeschreibungen, die Wahrheit, die so gerade ohne Umweg ans Herz geht, die Sprache, so wahr, so einfach, so ergreifend, so bezaubernd ...

Kanzler Müller, Erinnerungen – Bei der Erfurter Fürstenversammlung im Oktober 1808 versicherte

Napoleon Goethe, daß er Werthers Leiden siebenmal gelesen habe und machte zum Beweis dessen eine tiefgreifende Analyse dieses Romans.

Caroline Sartorius, 27. 10. 1808 – Talma, der große französische Schauspieler und seine Frau, baten Goethe dringend, nach Paris zu kommen und bei ihnen zu logieren. Das Glück, den Autor vom Werther bei sich zu besitzen, würde ganz Frankreich ihnen beneiden, keine Frau in Paris würde ruhen, eher sie ihn gesehen, auf allen Toiletten, in allen Boudoirs würde er sein Buch finden, das immer von neuem gelesen, von neuem übersetzt jetzt, wie vor dreißig Jahren, den Reiz der Neuheit besäße.

Goethe, Dichtung und Wahrheit III, 13 – Die Wirkung dieses Büchleins war groß, ja ungeheuer, und vorzüglich deshalb, weil es genau in die rechte Zeit traf. Denn wie es nur eines geringen Zündkrauts bedarf, um eine gewaltige Mine zu entschleudern, so war auch die Explosion, welche sich hierauf im Publikum ereignete, deshalb so mächtig, weil ein jeder mit seinen übertriebenen Forderungen, unbefriedigten Leidenschaften und eingebildeten Leiden zum Ausbruch kam ...

Für mich war das größte Glück oder Unglück, daß jedermann von diesem seltsamen jungen Autor, der so unvermutet und so kühn hervorgetreten war, Kenntnis gewinnen wollte. Man verlangte ihn zu sehen, zu sprechen, auch in der Ferne etwas von ihm zu vernehmen, und so hatte er einen höchst bedeutenden, bald erfreulichen, bald unerquicklichen, immer aber zerstreuenden Zudrang zu erfahren. Denn es lagen angefangene Arbeiten genug vor ihm, ja es wäre für einige Jahre hinreichend zu tun gewesen, wenn er mit hergebrachter Liebe sich daran hätte halten können; aber er war aus der Stille, der Dämmerung, der Dunkelheit, welche ganz allein die reinen Produktionen begünstigen kann, in den Lärmen des Tageslichts hervorgezogen, wo man sich in anderen verliert, wo man irre gemacht wird durch Teilnahme wie durch Kälte, durch Lob und durch Tadel, weil diese äußern Berührungen niemals mit der Epoche unserer innern Kultur zusammentreffen, und uns daher, da sie nicht fördern können, notwendig schaden müssen.

Auf dem Eise

Bettina Brentano an Goethe, 28. 11. 1810 – An einem hellen Wintertag, an dem deine Mutter Gäste hatte, machtest du ihr den Vorschlag, mit den Fremden an den Main zu fahren: «Mutter, Sie hat mich ja doch noch nicht Schlittschuhe laufen sehen, und das Wetter ist heut so schön pp.» – Ich zog meinen karmesinroten Pelz an, erzählte mir deine Mutter, der einen langen Schlepp hatte und vorn herunter mit goldnen Spangen zugemacht war, und so fahren wir denn hinaus: da schleift mein Sohn herum wie ein Pfeil zwischen den andern durch, die Luft hatte ihm die Backen rot gemacht, und der Puder war aus seinem braunen Haaren geflogen. Wie er nun den karmesinroten Pelz sieht, kommt er herbei an die Kutsch und lacht mich freundlich an. – Nun, was willst du? sage ich. Ei Mutter, Sie hat ja doch nicht kalt im Wagen, geb Sie mir ihren Sammetrock! – Du wirst ihn doch nit gar anziehen wollen? – Freilich will ich ihn anziehen. So zieh ich halt meinen prächtig warmen Rock aus, er zieht ihn an, schlägt die Schleppe über den Arm, und da fährt er hin, wie ein Göttersohn auf dem Eis. Bettine, wenn du ihn nur gesehen hättest!! – So was Schönes gibts nicht mehr. – Ich klatschte in die Hände vor Lust! Mein Lebtag seh ich noch vor mir, wie er auf dem Main den einen Brückenbogen hinaus und dem andern wieder herein lief, und wie der Wind ihm den Schlepp lang hinten nach trug.

Eis-Lebens-Lied

Sorglos über die Fläche weg,
Wo vom kühnsten Wager die Bahn
Dir nicht vorgegraben du siehst,
Mache dir selber Bahn!.
Stille, Liebchen, mein Herz,
Kracht's gleich, bricht's doch nicht!
Bricht's gleich, bricht's nicht mit dir!

um 1775

«Bräutigams-Stand»

Goethe in Dichtung und Wahrheit, IV, 17 – Eines Abends ersuchte mich ein Freund, mit ihm ein kleines Konzert zu besuchen, welches in einem angesehenen reformierten Handelshause, bei den

Schönemanns, gegeben wurde. Es war schon spät, doch weil ich alles aus dem Stegreife liebte, folgte ich ihm, wie gewöhnlich anständig angezogen. Wir traten in ein Zimmer gleicher Erde, in das eigentliche geräumige Wohnzimmer. Die Gesellschaft war zahlreich, ein Flügel stand in der Mitte, an den sich sogleich die einzige Tochter des Hauses niedersetzte und mit bedeutender Fertigkeit und Anmut spielte. Ich stand am unteren Ende des Flügels, um ihre Gestalt und Wesen nahe genug bemerken zu können; sie hatte etwas Kindartiges in ihrem Betragen; die Bewegungen, wozu das Spiel sie nötigte, waren ungezwungen und leicht. – Nach geendigter Sonate trat sie ans Ende des Pianos mir gegenüber. Wir begrüßten uns ohne weitere Rede, denn ein Quartett war schon angegangen. Am Schlusse trat ich etwas näher und sagte einiges Verbindliche: wie sehr es mich freue, daß die erste Bekanntschaft mich auch zugleich mit ihrem Talent bekannt gemacht habe. Sie wußte sehr artig meine Worte zu erwidern, behielt ihre Stellung und ich die meinige. Ich konnte bemerken, daß sie mich aufmerksam betrachtete, und daß ich ganz eigentlich zur Schau stand, welches ich mir wohl konnte gefallen lassen, da man auch mir etwas gar Anmutiges zu schauen gab. Indessen blickten wir einander an, und ich will nicht leugnen, daß ich eine Anziehungskraft von der sanftesten Art zu empfinden glaubte. Das Hin- und

Herwogen der Gesellschaft verhinderte jedoch jede andere Art von Annäherung diesen Abend.

Bei eintretendem Frühling sollte eine ländliche Freiheit mein Verhältnis zu Lili enger knüpfen. Offenbach am Main zeigte schon damals bedeutende Anfänge einer Stadt. Schöne, für die damalige Zeit prächtige Gebäude hatten sich hervorgetan. Gärten, Terrassen bis an den Main reichend, überall freien Ausgang nach der holden Umgegend erlaubend, setzten den Eintretenden und Verweilenden in ein stattliches Behagen.

Ich wohnte bei Johann André, eigentlich Fabrikant, zugleich aber Dichter und Komponist, der zwischen dem Kapellmeister und Dilettanten schwebte. Lilis Pianospiel fesselte ihn vollkommen an unsre Gesellschaft; als unterrichtend, meisternd, ausführend, waren wenige Stunden des Tags und der Nacht, wo er nicht in das Familienwesen, in die gesellige Tagesreihe mit eingriff. Dieses alles aber diente den Liebenden nur zur Verlängerung des Zusammenseins; sie wissen kein Ende zu finden, und der gute Johann André war durch wechselsweise Verführung der beiden gar leicht in ununterbrochene Bewegung zu setzen, um bis nach Mitternacht seine Musik wiederholend zu verlängern.

Trat man am Morgen in aller Frühe aus dem Hause, so fand man sich in der freiesten Luft.

Freie Übersicht über den Fluß bis ans jenseitige Ufer, oft schon früh eine tätige Schiffahrt von Flößen und gelenken Marktschiffen und Kähnen, eine sanft hingleitende lebendige Welt, mit liebevollen zarten Empfindungen im Einklang. Selbst das einsame Vorüberwogen und Schilfgeflüster eines leise bewegten Stromes verbreitete über den Herantretenden einen beruhigenden Zauber. Ein heiterer Himmel der schönsten Jahreszeit überwölbte das Ganze, und wie angenehm mußte sich eine traute Gesellschaft, von solchen Szenen umgeben, morgendlich wiederfinden!

Oft kam ich aber nur spät des Abends zur Gesellschaft und fand Lili dem Scheine nach teilnehmend, und da ich oft nur auf wenige Stunden erschien, so mocht ich ihr gern in irgend etwas nützlich sein, indem ich ihr Größeres oder Kleineres besorgt hatte, oder irgendeinen Auftrag zu übernehmen kam. Und es ist wohl diese Dienstschaft das Erfreulichste, was einem Menschen begegnen kann; wie uns die alten Ritterromane dergleichen zwar auf eine dunkle, aber kräftige Weise zu überliefern verstehen. Daß sie mich beherrsche, war nicht zu verbergen, und sie durfte sich diesen Stolz gar wohl erlauben: hier triumphieren Überwinder und Überwundene, und beide behagen sich in gleichem Stolze ...

Goethe an Johanna Fahlmer, Ostermesse 1775 – «Liebste Tante ich komme von Offenbach! – kann Ihnen weder Blick noch Zug geben von der Wirtschaft. Mein Herz immer wie ein Strumpf, das Äußere zu innerst, das Innere zu äußerst gekehrt. Bitte! Bitte! – Sehen Sie sich in der Messe um, nach was – für Lili!!!! Galanterie Bijouterie, das Neueste, Eleganteste! – Sie fühlens allein, und meine Liebe dazu! aber heilig unter uns, der Mama nichts davon. Ich bitte. Und schreiben Sie was es kostet!!!! –»

Dichtung und Wahrheit, Fortsetzung – Es war eine durchaus glänzende Zeit; eine gewisse Exaltation waltete in der Gesellschaft, man traf niemals auf nüchterne Momente. Ganz ohne Frage teilte sich dies den übrigen aus unserm Verhältnisse mit. Denn wo Neigung und Leidenschaft in ihrer eigenen kühnen Natur hervortreten, geben sie verschüchterten Gemütern Mut, die nunmehr nicht begreifen, warum sie ihre gleichen Rechte verheimlichen sollten. Daher gewahrte man mehr oder weniger versteckte Verhältnisse, die sich nunmehr ohne Scheu durchschlangen, andere, die sich nicht gut bekennen ließen, schlichen doch behaglich unter der Decke mit durch.

Es war ein Zustand, von welchem geschrieben steht: «Ich schlafe, aber mein Herz wacht»; die hellen wie die dunklen Stunden waren einander gleich; das Licht des Tages konnte das Licht der Liebe nicht überscheinen, und die Nacht wurde durch den Glanz der Neigung zum hellsten Tage.

Wir waren beim klarsten Sternhimmel bis spät in der freien Gegend umherspaziert; und nachdem ich Lili und die Gesellschaft von Türe zu Türe nach Hause begleitet und von ihr zuletzt Abschied genommen hatte, fühlte ich mir so wenig Schlaf, daß ich eine frische Spazierwanderung anzutreten nicht säumte. Ich ging die Landstraße nach Frankfurt zu, mich meinen Gedanken und Hoffnungen zu überlassen; ich setzte mich auf eine Bank, in der reinsten Nachtstille, unter dem blendenden Sternhimmel mir selbst und ihr anzugehören.

Bemerkenswert schien mir ein schwer zu erklärender Ton, ganz nahe bei mir; es war kein Rascheln, kein Rauschen, und bei näherer Aufmerksamkeit entdeckte ich, daß es unter der Erde und das Arbeiten von kleinem Getier sei. Es mochten Igel oder Wieseln sein, oder was in solcher Stunde dergleichen Geschäft vornimmt.

Ich war darauf weiter nach der Stadt zu gegangen und an den Röderberg gelangt, wo ich die Stufen, welche nach den Weingärten hinaufführen, an ihrem kalkweißen Scheine erkannte. Ich stieg hinauf, setzte mich nieder und schlief ein.

Als ich wieder aufwachte, hatte die Dämmerung sich schon verbreitet. Sachsenhausen lag vor mir, leichte Nebel deuteten den Weg des Flusses an; es war frisch, mir willkommen.

Da verharrt ich, bis die Sonne nach und nach hinter mir aufgehend das Gegenüber erleuchtete. Es war die Gegend, wo ich die Geliebte wiedersehen sollte, und ich kehrte langsam in das Paradies zurück, das sie, die noch Schlafende, umgab.

Herz, mein Herz, was soll das geben,
Was bedränget dich so sehr?
Welch ein fremdes, neues Leben –
Ich erkenne dich nicht mehr.
Weg ist alles, was du liebtest,
Weg, worum du dich betrübtest,
Weg dein Fleiß und deine Ruh –
Ach, wie kamst du nur dazu?

Fesselt dich die Jugendblüte,
Diese liebliche Gestalt,
Dieser Blick voll Treu und Güte,
Mit unendlicher Gewalt?
Will ich rasch mich ihr entziehen,
Mich ermannen, ihr entfliehen,
Führet mich im Augenblick,
Ach, mein Weg zu ihr zurück.

Und an diesem Zauberfädchen,
Das sich nicht zerreißen läßt,
Hält das liebe, lose Mädchen
Mich so wider Willen fest.

Muß in ihrem Zauberkreise
Leben nun auf ihre Weise;
Die Verändrung, ach, wie groß!
Liebe, Liebe, laß mich los!

Goethe zu Eckermann, 5. 3. 1830 – Ich sehe die reizende Lili wieder in aller Lebendigkeit vor mir, und es ist mir, als fühlte ich wieder den Hauch ihrer beglückenden Nähe. Sie war in der Tat die erste, die ich tief und wahrhaft liebte. Ich bin meinem eigentlichen Glücke nie so nahe gewesen als in der Zeit jener Liebe zu Lili. Die Hindernisse, die uns auseinander hielten, waren im Grunde nicht unübersteiglich – und doch ging sie mir verloren.

Aufbruch in die Schweiz

Goethe in Dichtung und Wahrheit – In einer Stadt wie Frankfurt befindet man sich in einer wunderlichen Lage. Immer sich kreuzende Fremde deuten nach allen Weltgegenden und erwecken die Reiselust. Früher war ich schon bei manchem Anlaß mobil geworden, und gerade jetzt im Augenblikke, wo es (da unsre Familien beiderseits unsere Verbindung nicht wünschten) darauf ankam, einen Versuch zu machen, ob ich Lili entbehren könne und mich daher eine peinliche Unruhe zu allem bestimmten Geschäft unfähig machte, war mir die Aufforderung der Grafen Stolberg, sie nach der Schweiz zu begleiten, willkommen. Begünstigt durch das Zureden meines Vaters, entschloß ich mich daher rasch, und es war bald gepackt.

Christian Graf zu Stolberg, 17. 5. 1775 – Das macht uns herrliche Freuden, daß wir mit Goethe reisen. Er ist ein wilder, unbändiger, aber sehr guter Junge. Voll Geist, voll Flamme. Seit der ersten Stunde sind wir Herzensfreunde. In Frankfurt haben wir uns alle Werthers Uniform machen lassen: einen blauen Rock mit gelber Weste und Hose; runde, graue Hüte haben wir dazu.

Lavater an Goethes Eltern, Juni 1775 – Daß Wolfgang Goethe ist, daß er irgendwo ist, daß dies Irgendwo Zürich, in Zürich das Haus «Zum Waldris», daß dieses Waldris Lavaters Wohnung ist. Daß Johann Wolfgang Goethe ganz gesund, ein bißchen vergnügt, nur wenig grimmig ist, daß er noch – wie viel Tage bei uns bleiben – und die Bewunderung aller Augen sein wird, habe untertänigst berichten wollen und zu dessen mehreren Gezeugnis beisetzen meiner wohlbekannten Hand: J. C. Lavater.

Fried. Leopold Graf zu Stolberg – Heut früh machten wir uns auf und gingen zum See, da kam denn auch das Boot aus der Stadt, darin waren Lavater und Goethe. Wir ließen uns zwei Stunden weit auf dem See rudern, es war ganz stille...

Ich saug an meiner Nabelschnur
Nun Nahrung aus der Welt.
Und herrlich rings ist die Natur
Die mich am Busen hält.
Die Welle wieget unsern Kahn
Im Rudertakt hinauf
Und Berge Wolken angetan
Entgegnen unserm Lauf.

Aug mein Aug was sinkst du nieder
Goldne Träume kommt ihr wieder
Weg du Traum so Gold du bist
Hier auch Lieb und Leben ist.
Auf der Welle blinken
Tausend schwebende Sterne
Liebe Nebel trinken
Rings die türmende Ferne
Morgenwind umflügelt
Die beschattete Bucht
Und im See bespiegelt
Sich die reifende Frucht.

Den 15. Junius 1775. Donnerstags morgen aufm Zürichersee

Graf Stolberg weiter – Zu Mittag aßen wir bei einem Landpfarrer, der uns sehr liebreich empfing und uns der Milch, der Butter und des Kalbfleischs, wie Abraham, reichlich vorsetzte. Auch Kuchen und sehr schöne Kirschen. Von da gingen wir weiter, immer am See, niedliche Häuser lagen uns zur Rechten, Weinberge erhoben sich über die Häuser, und über die Weinberge hohe Gebirge. Wir verließen den See, um in den Kanton Schwyz nach dem Kloster Einsiedeln zu gehen ...

Goethe, Tagebuch, Auf dem Weg zum Gotthard, 16. Juni – Abends ¾ auf 8 dem Schwyzer hocken gegenüber. den ersten nahen schnee. Awfull. Tiefe Tanne im Thal. Nachts zehn in Schwyz. Müd und munter vom Berg ab springen voll Dursts u. lachens. Gejauchtzt bis zwölf. – *17. Juni. Klösterli.* Morgens der Hocken vor dem Fenster. Wolken dran auf. – Um 1 Uhr v. Schwyz weg. 2 Uhr aufm Lauerzer See. Hoher herrlicher Sonnenschein ... den Rigi bestiegen. – *18. Juni Klösterli.* Sonntag früh gezeichnet die Capellen vom Ochsen aus. um zwölf nach dem kalten Bad oder 3 Schwestern Brunn dann die Höhe ¼ 3 Uhr in Wolken und Nebel rings die Herrlichkeit der Welt. 8 Uhr wieder zurück. vor der Ochsen Thüre gebackner Fisch u. Eier. / das Klockengebimmel des Wasserfalls Rauschen der Brunnröhre Plätschern Waldhorn. – *19. Juni.* früh ½ 7 aufwärts dann hinab an vier Waldstätter See ... gegen zwey dem Grüdli über wo die 3 Tellen schwuren drauf an der Tellen Platte wo Tell aussprang. Drauf 3 Uhr in Fluely wo er eingeschifft ward. 4 Uhr in Altdorf wo er den Apfel abschoß. – *20. Juni. Wasen.* ½ 7 nach dem Steeg. Fische gebacken gebadet in Schnee Wasser. 3 Uhr fort. berg auf. Schnee Laue. Saumross. Schneehölen. Steeg. Große Fichten. Abgrund. – *21. Juni Andermatt.* halb 7 aufwärts. allmächtig schröcklich. Geschten. gezeichnet. Noth und Müh und schweis. Teufelsbrücke u. der Teufel. Schwitzen u. Matten u. Sincken bis ans Urner Loch hinaus u belebung im Thal. an der Matte trefflicher Käss. Sauwohl u Projekte.

ab 35 Min auf 4. Schnee nackter Fels u Moos u Sturmwind u Wolken. Das Gerausch des Wasserfalls der Saumrosse Klingeln. Öde wie im Thale des Todts – mit Gebeinen besäet Nebel See ... Gotthard / eine Stunde aus dem Liviner Thal ins Urseren. Das mag das Drachen Thal genannt werden – Einer der herrlichsten Wasserfälle der gantzen Gegend. Daß es der Erde so sauwohl und so weh ist zugleich. Und die ewig verderbliche Liebe / Ein Tag wie die ewigen Götter sich selbst erwählt zu gehen /Unmittelbarer Ausdruck von der Natur / Zwischen allem Wolken – Über allem Wolken Gipfel des Berges – die Wolke licht die sich drauf aufhebt / Der See heller als der Nebel hoch /Das Buschig Gehauene der Berge / Das bröckliche Absinken des Rasen durch Schnee und Gewässer / Fichten die Wurzel fassen und stürzen von den Felsen / Das streifigte der bewachsnen Felsen vom Ablaufen des Wassers / Die Entdeckung des festen Felsen vom gesunkenen Rasen. Oben Fichten tiefer ab Buchen Ahorn tiefer Nußbäume.

Goethe, 13. 7. 1775 – ... wie vor dem schaumstürmenden Sturze des gewaltigen Rheins, wie vor der glänzenden Krone der ewigen Schneegebirge, wie vor dem Anblick des heiter ausgebreiteten Sees, und deiner Wolkenfelsen und wüsten Täler, grauer Gotthard! wie vor jedem großen Gedanken der Schöpfung, wird in der Seele reg, was auch Schöpfungskraft in ihr ist.

An Sophie v. La Roche, 27. 7. – Mir ist's wohl, daß ich ein Land kenne, wie die Schweiz ist, nun geh mir's wie es wolle, hab ich doch immer da einen Zufluchtsort.

Sonnenaufgang im Hochgebirge

Hinaufgeschaut! – Der Berge Gipfelriesen
Verkünden schon die feierlichste Stunde;
Sie dürfen früh des ewigen Lichts genießen,
Das später sich zu uns hernieder wendet.
Jetzt zu der Alpe grüngesenkten Wiesen
Wird neuer Glanz und Deutlichkeit gespendet,
Und stufenweis herab ist es gelungen; –
Sie tritt hervor! – und leider schon geblendet,
Kehr ich mich weg, vom Augenschmerz durchdrungen.

So ist es also, wenn ein sehnend Hoffen
Dem höchsten Wunsch sich traulich zugerungen,
Erfüllungspforten findet flügeloffen;
Nun aber bricht aus jenen ewigen Gründen
Ein Flammenübermaß, wir stehn betroffen;
Des Lebens Fackel wollten wir entzünden,
Ein Feuermeer umschlingt uns, welch ein Feuer!
Ists Lieb'? ists Haß? die glühend uns umwinden,
Mit Schmerz und Freuden wechselnd ungeheuer,
So daß wir wieder nach der Erde blicken,
Zu bergen uns in jugendlichstem Schleier.

So bleibe denn die Sonne mir im Rücken!
Der Wassersturz, das Felsenriff durchbrausend,
Ihn schau ich an mit wachsendem Entzücken.
Von Sturz zu Sturzen wälzt er jetzt in tausend,

Dann abertausend Strömen sich ergießend,
Hoch in die Lüfte Schaum an Schäume sausend.
Allein wie herrlich, diesem Sturm ersprießend,
Wölbt sich des bunten Bogens Wechseldauer,
Bald rein gezeichnet, bald in Luft zerfließend,
Umher verbreitend duftig kühle Schauer.
Der spiegelt ab das menschliche Bestreben.
Ihm sinne nach, und du begreifst genauer:
Am farbigen Abglanz haben wir das Leben.

Faust II, Erster Akt, Anmutige Gegend

DAS ERSTE WEIMARER JAHRZEHNT

«Die Weltrolle»

Goethe, 22. 11. 1775 – Lieb Täntgen! Wie eine Schlittenfahrt geht mein Leben rasch weg und klingelnd und promenierend auf und ab. Gott weiß wozu ich noch bestimmt bin, daß ich solche Schulen durchgeführt werde. Diese gibt meinem Leben neuen Schwung, und es wird alles gut werden.

Wieland 10. 11. – Dienstag den 7. November, morgens um fünf Uhr, ist Goethe in Weimar angelangt. O bester Bruder, was soll ich dir sagen? Wie ganz der Mensch beim ersten Anblick nach meinem Herzen war!

Ch. F. Weiße, Januar 1776 – Goethe macht in Weimar viel wunderliche Streiche, die seine Bewundrer Laune nennen ...

Wieland, 26. 1. – Goethe kommt nicht wieder von hier los. Karl August kann nicht mehr ohne ihn schwimmen, noch waten.

Goethe, 6. 3. – Ich bin nun ganz eingeschifft auf der Woge der Welt – voll entschlossen: zu entdekken, gewinnen, streiten, scheitern, oder mich mit aller Ladung in die Lufft zu sprengen.

Frau v. Stein, 16. 3. – Goethe est ici un objet aimé et haï . . .

Wieland, 27. 5. – Goethe lebt und regiert und wütet, und gibt Regenwetter und Sonnenschein, tour à tour comme vous savez, und macht uns glücklich, er mache was er will.

J. H. Voß, 14. 7. – In Weimar geht es erschrecklich zu. Der Herzog läuft mit Goethe wie ein wilder Pursche auf den Dörfern herum, er besauft sich und genießet brüderlich einerlei Mädchen mit ihm.

Frau v. Stein, 6. 3. – . . . ich wünschte selbst, er möchte etwas von seinem wilden Wesen, darum ihn die Leute hier so schief beurteilen, ablegen, das im Grunde zwar nichts ist, als daß er jagt, scharf reit', mit der großen Peitsche klatscht, alles in Gesellschaft des Herzogs.

Klinger, 26 7. – Glaub von allem nichts, was über das Leben hier geredet wird, es ist kein wahres Wort daran. Es geht alles den großen simplen Gang.

Wieland, 22. 7. – Goethe ist nun Geheimer Legationsrat und sitzt im Ministerio unsers Herzogs – ist Favorit-Minister, Factotum und trägt die Sünden dieser Welt. Er wird viel Gutes schaffen, viel Böses hindern, und das muß uns dafür trösten, daß er als Dichter auf Jahre für die Welt verloren ist. Denn Goethe tut nichts halb. Da er nun einmal in diese neue Laufbahn getreten ist, so wird er nicht ruhen, bis er am Ziel ist; wird als Minister so groß sein, wie er als Autor war.

Was weiß ich, was mir hier gefällt,
In dieser engen kleinen Welt
Mit leisem Zauberband mich hält!
Mein Karl und ich vergessen hier,
Wie seltsam uns ein tiefes Schicksal leitet,
Und, ach, ich fühl's, im stillen werden wir
Zu neuen Szenen vorbereitet.
Du hast uns lieb, du gabst uns das Gefühl,
Daß ohne dich wir nur vergebens sinnen,
Durch Ungeduld und glaubenleer Gewühl
Voreilig dir niemals was abgewinnen.
Du hast für uns das rechte Maß getroffen,
In reine Dumpfheit uns gehüllt,
Daß wir, von Lebenskraft erfüllt,
In holder Gegenwart der lieben Zukunft hoffen.

Dem Schicksal, 25. 8. 1776

V. Trebra, Erinnerungen – Es war eine gar froh gestimmte, lustige Gesellschaft, welche sich im Sommer 1776 zu Ilmenau versammelt hatte. Hier war alles erlaubt. Ausgelassen zu sein, war, wo nicht gefordert, doch nicht ungern gesehen, wohl gar erwünscht. So der Spaß in Stützerbach, wo der junge Herzog von Weimar und seine Begleiter das Glasmachen beaugenscheinigt hatten, und nun ein frohes Mittagsmahl zu verzehren sich zusammen fanden, das bei einem bemittelten Krämer des Orts veranstaltet war.

Freilich mochte dem Mann neben andern Torheiten, welche die lustigen Gesellen geschwind genug ersahen, vorzüglich eine hohe Meinung von seiner Handelsmannswichtigkeit inwohnen, in welcher er sich jedem großen Kaufmann in Hamburg und Amsterdam parallel setzen zu können meinte. In der sehr reinlich bürgerlich verzierten Stube, worinnen die Tafel vorgerichtet war, hing dieser gegenüber ein Ölgemälde des wohlberühmten Kaufmanns, Lebensgröße im Bruststück, die eine Hand mit langer Manschette im Busen, das kaufmännisch breite, zahme Gesicht durch sehr weiß gepuderte buschige Perücke herrlich verziert. Manche Gesundheit wurde diesem nur im Ölgemälde anwesenden Besitzer der Handlung während der Mittagstafel zugetrunken. Nun sie aufgehoben war, suchte man das Original im untern Teil seines Hauses, in seinen Warengewölbern auf, und da, um es auch an handgreiflicher Verspottung nicht fehlen zu lassen, wurden ihm von der Gesellschaft manche leere und volle Tonnen, Kisten und Kästen Waren, die mit Pfeffer und Ingwer, Zucker und Kaffee und Tobak überschrieben und mannigfachen kaufmännischen Bezeichnungen, von Ankern und Triangeln geziert waren, vors Haus getragen, und manches gar den Berg hinunter gekollert. In diese etwas weit getriebenen zudringlichen Späße der froh-reichen Gesellschaft, hatte sich Goethe nicht eingelassen. Dieser hatte während des Unfugs im Handelsmagazin der untern Region des Hauses ein Gemälde in dem obern Zimmer vorbereitet, das sehr eigen in seiner Art ganz darauf abgemessen war, die höchste Lächerlichkeit darzustellen. Von jenem bürgerlich eleganten Kaufherrns-Porträt hatte er das breite, blonde, fade Gesicht ausgeschnitten; durch die hiermit erlangte Öffnung schob er sein eigenes männlich braunes, geistiges Gesicht, mit den flammenden schwarzen Augen, zwischen der weißen dicken Perücke durch; setzte sich auf einen Lehnstuhl; stellte das Gemälde im goldnen Rahmen vor sich auf die Knie, und verhing die Beine mit einem weißen Tuche. Sowie die lustige Gesellschaft endlich wieder heraufgetobt war, um in dem Speise-Zimmer Kaffee zu trinken, öffnete sich die Tür der dran stoßenden Kammer, und das Kontrastporträt zog überraschend hin, beides zum Gelächter und zum Denken zugleich.

Riemer, Mitteilungen über Goethe – Goethe badete und schwamm, was damals noch ganz ungewöhnlich war, in den ersten Weimarer Jahren häufig, sogar des Nachts, in der Ilm, und das meist bei Mondschein, selbst in November- und Dezembertagen; und trieb auch wohl allerlei Neckereien mit den bei nächtlicher Weile Vorübergehenden. So – erzählte er mir – habe er einmal einen Bauer aus Oberweimar, der spät in der Nacht nach Hause zurückkehrend über das Gatter der Floßbrücke steigen wollen, dadurch in Furcht und Schrecken versetzt, daß er in seiner weißen Gestalt mit schwarzem langem Haupthaar, aus dem Wasser auf- und niedertauchend und dabei wunderbare Töne von sich gebend, in jenem Manne die energische Vorstellung einer Ilmnixe erregte, deren Existenz dieser sich nun wahrscheinlich nicht wieder habe ausreden lassen.

Falk, Erinnerungen – «Kurz darauf, nachdem Goethe seinen ‹Werther› geschrieben hatte», erzählte mir der alte ehrwürdige Gleim, «kam ich nach Weimar und wollte ihn gern kennen lernen. Ich war abends zu einer Gesellschaft bei der Herzogin Amalie geladen, wo es hieß, daß Goethe späterhin auch kommen würde. Als literarische Neuigkeit hatte ich den neuesten Göttinger Musenalmanach mitgebracht, aus dem ich eins und das andere der Gesellschaft mitteilte. Indem ich noch las, hatte sich ein junger Mann, auf den ich kaum gemerkt, mit Stiefeln und Sporen und einem kurzen, grünen, aufgeschlagenen Jagdrokke, unter die übrigen Zuhörer gemischt. Er saß mir gegenüber und hörte sehr aufmerksam zu. Außer einem Paar schwarzglänzenden italienischen Augen, die er im Kopfe hatte, wüßte ich sonst nichts, das mir besonders an ihm aufgefallen wäre. Während einer kleinen Pause aber erhob sich jener feine Jägersmann, nahm das Wort und erbot sich in demselben Augenblicke, wo er sich auf eine verbindliche Weise gegen mich verneigte, daß er, wofern es mir so beliebte, im Vorlesen, damit ich nicht allzu sehr ermüdete, von Zeit zu Zeit mit mir abwechseln wollte. Ich konnte nicht umhin, diesen höflichen Vorschlag anzunehmen, und reichte ihm auf der Stelle das Buch. Aber Apollo und die neun Musen, die drei Grazien nicht zu vergessen, was habe ich da zuletzt hören müssen! Anfangs ging es zwar ganz leidlich:

Die Zephyrn lauschten,
Die Bäche rauschten,
Die Sonne
Verbreitet ihr Licht mit Wonne.

Auch die etwas kräftigere Kost von Voß, Leopold

Stolberg, Bürger wurde so vorgetragen, daß sich keiner darüber zu beschweren hatte. Auf einmal aber war es, als ob den Vorleser der Satan des Übermutes beim Schopfe nehme, und ich glaubte, den wilden Jäger in leibhaftiger Gestalt vor mir zu sehen. Er las Gedichte, die gar nicht im Almanach standen, wich in alle nur mögliche Tonarten und Weisen aus. Hexameter, Jamben, Knittelverse, und wie es nur immer gehen wollte, alles unter- und durcheinander, wie wenn er es nur so herausschüttelte.

Sobald man hinter den Scherz kam, verbreitete sich eine allgemeine Fröhlichkeit durch den Saal. Er versetzte allen Anwesenden irgend etwas. Auch meiner Mäzenschaft, die ich von jeher gegen junge Gelehrte, Dichter und Künstler für eine Pflicht gehalten habe – so sehr er sie auf der einen Seite belobte, so vergaß er doch nicht auf der andern Seite mir einen kleinen Stich dafür beizubringen, daß ich mich zuweilen in den Individuen, denen ich diese Unterstützung zuteil werden ließ, vergriffe. Deshalb verglich er mich witzig genug in einer kleinen ex tempore in Knittelversen gedichteten Fabel mit einem frommen und dabei über die Maßen geduldigen Truthahn, der eigene und fremde Eier in großer Menge und mit großer Geduld ausbrütet; dem es aber en passant wohl auch einmal begegnet, und der es nicht übelnimmt, wenn man ihm – ein Ei von Kreide statt eines wirklichen unterlegt.

‹Das ist entweder Goethe oder der Teufel!› rief ich Wieland zu, der mir gegenüber am Tische saß. – ‹Beides›, gab mir dieser zur Antwort; ‹er hat einmal heute wieder den Teufel im Leibe; da ist er wie ein Füllen, das vorn und hinten ausschlägt, und man tut wohl, ihm nicht allzu nahe zu kommen.›»

W. Bode, 13. 8. 1782 – Prinz August von Gotha kam oft und gern nach Weimar; er liebte den Verkehr mit Herder, Wieland und Goethe, die dann auch ihrerseits ihm gern einen guten Tag einrichteten. Einmal bereitete Goethe ein Mittag- oder Abendessen vor, zu dem er den Prinzen und mehrere muntere Damen der Gesellschaft laden wollte . . .

Das Essen fand im Zeughause statt, wo an den Wänden die alten Ritterrüstungen aufgestellt waren. Als man anfing, recht fröhlich zu werden, hörte der Prinz ein Rasseln hinter sich; erstaunt blickte er sich um – es war wohl eine Täuschung gewesen. Dann schrie eines der Fräulein auf: jener Ritter dort drüben habe sich bewegt! Sogleich ertönte ein Husten aus einer andern Ecke, aus einem Harnisch und Visier heraus. Und nun klappte ein vierter Eisenmann sein Visier auf, stieg heraus und sprach: «Die Herrschaften werden entschuldigen . . .»

Goethe hatte vier Soldaten in diese Rüstungen

gesteckt; sie mußten sich mausestill verhalten, bis er ihnen das Zeichen gab, das sie zum Leben erweckte.

Falk, Erinnerungen – Um 1776 wurde auch ein Liebhabertheater in Weimar eröffnet, woran Goethe den lebhaftesten und tätigsten Anteil nahm. Einst spielte man «Den eifersüchtigen Ehemann» von Gotter. Die Rolle des Liebhabers in diesem Stücke war dem Herrn von Einsiedel zugefallen. Unglücklicherweise aber überfiel diesen, kurz vor der Aufführung, eine Unpäßlichkeit. Die Rolle war in so kurzer Zeit nicht wieder zu besetzen, und zum größten Verdrusse aller übrigen Mitspielenden stockte nun das Ganze. Da schlug sich, mehr beherzt und gutmütig, als in solchen Dingen gewandt, ein verwegener sächsischer Rittmeister ins Mittel und übernahm die Rolle. Am dritten Tage kam er zum Herrn von Einsiedel und ließ sich dieselbe überhören. Es ging leidlich, besonders wenn man dabei, wie man konnte, auf einen guten Souffleur rechnete. Als es aber zur Aufführung kam, wurde alles anders, und der so unternehmende Rittmeister geriet in die größte Verwirrung. Es wurde ihm so heiß vor der Stirn, als ob er vor einer Schwadron Husaren ritte und eben einhauen sollte; doch faßte er sich einigermaßen und spielte fort, bis auf die Szene, wo er mit seiner Geliebten von dem eifersüchtigen Ehemanne überrascht und mit einem Dolche erstochen wird. Hier vergaß er plötzlich das Stichwort, stockte und meckerte in einem fort, und der eifersüchtige Ehemann, den Bertuch spielte, der schon lange mit einem Dolche hinter den Kulissen wartend dastand, konnte ihm durchaus nichts anhaben. Eben fing jener seine Rolle wieder von vorne an, als Bertuch plötzlich, auf Anraten Goethes, der die Direktion des Ganzen führte, auf die Bühne sprang und dem Leben seines unglücklichen Nebenbuhlers durch einen kräftigen Dolchstich gleichsam ex abrupto ein Ende zu machen suchte. Wer aber nicht fallen wollte, war der Rittmeister. Vergebens, daß ihm Bertuch zu wiederholten Malen ins Ohr raunte: «In's Teufels Namen, so fallen Sie doch!» Er rührte sich nicht von der Stelle, sondern blieb kerzengerade und völlig aufrecht neben seiner Geliebten stehen, den Umstehenden, die ihm zuredeten, daß er fallen sollte, einmal über das andere versichernd, daß sein Stichwort noch nicht gekommen sei. In dieser für den Direktor ebenso sehr als für die Mitspieler peinlichen Lage faßte der erstere einen heldenmütigen Entschluß und rief mit donnernder Stimme hinter den Kulissen hervor: «Wenn er von vorn nicht fallen will, so stich ihn von hinten durch den Ranzen! Wir müssen ihn uns vom Halse schaffen! Er verdirbt uns das ganze Stück!» Auf diesen Zuruf ermannte sich Bertuch. «Stirb!» rief auch er nun mit schrecklicher Stimme, und führte zugleich einen so nachdrücklichen Dolchstoß in die Flanke seines Widersachers, daß derselbe, durch dieses Seitenmanöver außer Fassung gebracht, diesmal wirklich zu Boden fiel. In demselben Augenblicke aber erschienen auch schon vier von Goethe abgeschickte handfeste Statisten, die bestimmte Ordre hatten, den Toten, er möge wollen oder nicht, hinweg und beiseite zu schaffen. Dies geschah denn auch wirklich, und zur größten Freude der Zuschauer konnte das Stück nun ungehindert weitergehen.

L. F. Göritz, Erinnerungen – Goethe machte eine kleine Reise mit dem bekannten Maler Rat Kraus von Weimar. Als sie in die Gegend von Wörlitz kamen, stiegen sie aus und gingen zu Fuße. Mehrere Tage zuvor war das Gespräch zufällig oder absichtlich auf übernatürliche Künste und ihre Möglichkeit gefallen, und Goethe baute darauf einen Plan. Er war in der Gegend auf das genaueste bekannt und fing nun an, dem Rat Kraus im Vertrauen zu gestehen, daß es wohl solche Kräfte gebe und daß er auch mehrere besitze; wenn er ihn nicht verraten wolle, so wolle er ihm einiges zeigen, wenn sich die Gelegenheit ergebe. Kraus war es zufrieden. «Zum Beispiel», sagte nun Goethe, «es ist heute ein sehr heißer Tag, es wäre wohl gut, wenn wir etwas zur Erfrischung hätten. Lassen Sie mich sehen, was ich vermag.» Er führte ihn zu einer Felsenquelle, murmelte einige Worte und ging auf einen Stein los, den er hinwegschob. Hier fanden sie herrlichen Wein und Früchte, die sie mit großem Appetit genossen. Kraus war sehr erstaunt; Goethe wußte ihn dann hinzuhalten bis an den Abend, so daß es zu spät war, ins Logis zu kommen. «Nun werde ich Ihnen noch mehr zeigen», fuhr er fort. «In diesem Pavillon wollen wir zu Nacht essen und schlafen.» Der Pavillon war nicht bewohnt; Goethe pochte an, es ließ sich kein Mensch sehen oder hören, aber die Tür öffnete sich, und der Vorsaal war erleuchtet; sie gingen durch mehrere Zimmer und fanden in einem ein paar hübsche Betten mit allen Bequemlichkeiten. «Das ist gut», sagte Goethe, «aber wir sollten auch unsere Nachtkleider und ein gutes Abendessen haben.» Er führte Kraus in ein anderes Zimmer, wo sie eine Tafel mit zwei Couverts gedeckt antrafen und herrlich besetzt, und als sie satt waren, fanden sie ihre Nachtkleider in dem Schlafzimmer und schliefen bis an den Morgen, wo sich wieder ein Déjeuné fand, von unsichtbarer Hand bereitet. – Kraus war tatsächlich mystifiziert, und ich weiß nicht, wann er erfahren hat, wie natürlich diese Zauberei vor sich gegangen war.

Gartenglück

Goethe an Gräfin Stolberg, 17. 5. 1776 – Hab ein liebes Gärtgen vorm Tore an der Ilm schönen Wiesen in einem Tale. Ist ein alt Hausgen drinne, das ich mir reparieren lasse. Alles blüht. –

An Frau v. Stein, 19. 5. 1776 – Heute zum ersten Mal im Garten geschlafen, und nun Erdkulin für ewig. – *d. 2. Jul.* Nachts halb eilf der Mondschein war so göttlich, ich lief noch ins Wasser. – *12. Juni 77.* Im Garten unter freyem Himmel. Seit Sie weg sind, fühle ich erst, daß ich etwas besitze und daß mir was obliegt ... Harnische werde ich putzen und neue Einrichtungen und Ausrichtungen werd ich machen. Meine Bäume versorgen! – – Mit beschmierten Baumwuchsfingern fahr ich fort. Ich habe meine Bäume versorgt und die Räuber abgedrückt! Diese Heilung heischten sie schon Monate her, und ich ging immer vorbey. Ein Poet und Liebhaber sind schlechte Wirte! – *25. Febr. 78.* Hier schick ich etwas von den frühzeitigen Fröhlichkeiten der Welt. Möchten Sie die Blumen recht freundlich ansehen ... auch sind der schönsten Weinfächser von Frankfurt gekommen, die ich an der Vorderseite meines Hauses anpflanzen will. – *Juli 1778.* Das ist die erste Rose, die in meinem Garten aufblüht, nun werden sie zu Dutzenden folgen. – *3. Juli 80.* Wenn Sie nur meine Rosen sähen, und den Geruch des Jelängerjelieber genössen und den Duft heut nach dem Regen, und das frische Grün von der gemähten Wiese und Erdbeeren, die jetzt früh die Waldner geschickt kriegt.

Wieland, 8. 2. 1777 – Ich war gestern nachmittag bei Goethe auf seinem Altan. Kein lieberes, sich wärmer an einen anlegendes, oder, wie die Schwaben sagen, ein mehr anheimelndes Plätzchen auf Gottes Boden haben Sie nicht gesehen. Es ist so recht, als ob Goethens Genius das alles vor Jahrhunderten her so angelegt hätte, damit er's einst in Weimar völlig und fertig fände.

Übermütig siehts nicht aus,
Hohes Dach und niederes Haus;
Allen, die daselbst verkehrt,
Ward ein guter Mut beschert.
Schlanker Bäume grüner Flor,
Selbstgepflanzter wuchs empor.
Geistig ging zugleich alldort
Schaffen, Hegen, Wachsen fort.

Goethe an Lavater, 9. 4. 1781 – Die nächsten Wochen des Frühlings sind mir sehr gesegnet, jeden Morgen empfängt mich eine neue Blume und Knospe. Die stille, reine, immer wiederkehrende leidenschaftslose Vegetation tröstet mich oft über der Menschen Not, ihre moralischen, noch mehr physischen Übel.

An Gräfin Stolberg, 17. 7. 1777 – Dank Gustgen, daß du aus deiner Ruhe mir in die Unruhe des Lebens einen Laut herüber gegeben hast.

Alles geben Götter die unendlichen
Ihren Lieblingen ganz
Alle Freuden die unendlichen
Alle Schmerzen die unendlichen ganz.

So sang ich neulich, als ich tief in einer herrlichen Mondnacht aus dem Flusse stieg, der vor meinem Garten durch die Wiesen fließt . . .

Rastlose Liebe

Goethe zu Eckermann, 7. 10. 1827 – Ich erinnere mich eines Falles aus den ersten Jahren meines Hierseins, wo ich sehr bald wieder in leidenschaftliche Zustände [die Bindung an Frau v. Stein] geraten war. Ich hatte eine größere Reise gemacht und war schon seit einigen Tagen zurückgekehrt, aber durch Hofverhältnisse, die mich spät bis in die Nacht hielten, immer behindert gewesen, die Geliebte zu besuchen. Auch hatte unsere Neigung bereits die Aufmerksamkeit der Leute auf sich gezogen, und ich trug daher Scheu, am offenen Tage hinzugehen, um das Gerede nicht zu vergrößern. Am vierten oder fünften Abend aber konnte ich es nicht länger aushalten, und ich war auf dem Wege zu ihr und stand vor ihrem Hause, ehe ich es dachte. Ich ging leise die Treppe hinauf und war im Begriff, in ihr Zimmer zu treten, als ich an verschiedenen Stimmen hörte, daß sie nicht alleine war. Ich ging unbemerkt wieder hinab und war schnell wieder in den dunkelen Straßen, die damals noch keine Beleuchtung hatten. Unmutig und leidenschaftlich durchstreifte ich die Stadt in allen Richtungen wohl eine Stunde lang und immer einmal wieder vor ihrem Hause vorbei, voll sehnsüchtiger Gedanken. Ich war endlich auf dem Punkt, wieder in mein einsames Zimmer zurückzukehren, als ich noch einmal an ihrem Hause vorbeiging und bemerkte, daß sie kein Licht mehr hatte. Sie wird ausgegangen sein! sagte ich mir, aber wohin in dieser Dunkelheit der Nacht? und wo soll ich ihr begegnen? Ich ging abermals durch mehrere Straßen, es begegneten mir viele Menschen, und ich war oft getäuscht, indem ich ihre Gestalt und ihre Größe zu sehen glaubte, aber bei näherem Hinzukommen immer fand, daß sie es nicht war.

Indessen war ich an der Esplanade hinunter gegangen und bis an das kleine Haus gekommen, das in späteren Jahren Schiller bewohnte, als es mich anwandelte umzukehren und zurück nach dem Palais und von dort eine kleine Straße rechts zu gehen. Ich hatte kaum hundert Schritte in dieser Richtung getan, als ich eine weibliche Gestalt mir entgegenkommen sah, die der ersehnten vollkommen gleich war. Die Straße war nur von dem schwachen Licht ein wenig dämmerig, das hin und wieder durch ein Fenster drang, und da mich diesen Abend eine scheinbare Ähnlichkeit schon oft getäuscht hatte, so fühlte ich nicht den Mut, sie aufs Ungewisse anzureden. Wir gingen dicht aneinander vorbei, so daß unsere Arme sich berührten; ich stand still und blickte mich um, sie auch. ‹Sind Sie es›? sagte sie. Und ich erkannte ihre liebe Stimme. Endlich! sagte ich und war beglückt bis zu Tränen. Unsere Hände ergriffen sich. Nun! sagte ich, meine Hoffnung hat mich nicht betrogen. Mit dem größten Verlangen habe ich Sie gesucht, mein Gefühl sagte mir, daß ich Sie finden würde, und nun bin ich glücklich und danke Gott, daß es wahr geworden. ‹Aber Sie Böser›, sagte sie, warum sind Sie nicht gekommen? Ich erfuhr heute zufällig, daß Sie schon seit drei Tagen zurück, und habe den ganzen Nachmittag geweint, weil ich dachte, Sie hätten mich vergessen. Dann vor einer Stunde ergriff mich ein Verlangen und eine Unruhe nach Ihnen, ich kann es nicht sagen. Es waren ein paar Freundinnen bei mir, deren Besuch mir eine Ewigkeit dauerte. Endlich als sie fort waren, griff ich nach meinem Hut und Mäntelchen, es trieb mich in die Luft zu gehen, in die Dunkelheit hinaus, ich wußte nicht wohin. – Indem sie so aus treuem Herzen sprach, hielten wir unsere Hände noch immer gefaßt und drückten uns und gaben uns zu verstehen, daß die Abwesenheit unsere Liebe nicht erkaltet. Ich begleitete sie bis vor die Tür, bis in ihr Haus. Sie ging auf der finstern Treppe mir voran, wobei sie meine Hand hielt und mich ihr gewissermaßen nachzog. Mein Glück war unbeschreiblich ...

Ach, wie bist du mir,
Wie bin ich dir geblieben!
Nein, an der Wahrheit
Verzweifl ich nicht mehr.
Ach, wenn du da bist,
Fühl ich, ich soll dich nicht lieben,
Ach, wenn du fern bist,
Fühl ich, ich lieb dich so sehr.

Für Charlotte v. Stein, Ilmenau, 8. 8. 1776

Des Amtes Bürden

Goethe, Tagebuch, 4. 1. 1779 – Bergwerks Conferenz. Nach Hause, sehr müde. – *5. 1.* Conseil, die Kriegs Commission übertragen. – *6./8. 1.* Mit Militär Ökonomie beschäftigt. – *10. 1.* Früh die Officiers und meine künftigen Subalternen. Über das Geschäft in der Stille mich bearbeitet. – *13. 1.* Die Kriegs Commission. Erste Session. Schwierigkeit, irdische Maschinen in Gang zu setzen, auch zu erhalten. – *14./25. 1.* In Akten gekramt, die unordentliche Repositur durchgestöbert; es fängt an, darin heller zu werden. Das Geschäft mir ganz allein angelegen. – *1. 2.* Conseil. Dumme Luft drinne. Fataler Humor des Präsidenten. – *14. 2.* Nachricht vom desertierten Husaren. – *15./23. 2.* Diese Zeit her habe ich meist gesucht, mich in Geschäften aufrecht zu erhalten und bey allen Vorfällen fest zu seyn und ruhig. – Jena, *28. 2.* Die Straße mit Ingenieur Castrop besehen. – *Apolda, 6. 3.* Amtsrat. Strumpfwirker liegen an 100 Stühlen still seit der Neujahrsmesse. Manufaktur-Collegium hilft nichts. Armer Anfang solcher Leute, leben aus der Hand in den Mund . . .

An Frau v. Stein, 4. 12. 1777 – Wie sehr ich wieder auf diesem dunklen Zug [Harzreise] Liebe zu der Klasse von Menschen gekriegt habe! die man die niedre nennt! die aber gewiß für Gott die höchste ist. Da sind doch alle Tugenden beisammen: Beschränktheit, grader Sinn, Treue, Freude über das leidlichste Gut, Harmlosigkeit, Dulden, Dulden – Ausharren.

Tagebuch, 25. 7. 1779 – In der Nacht ward ein gewaltsam Feuer zu Apolda. Ich früh, da ichs erst erfuhr, hin, und ward den ganzen Tag gebraten und gesotten . . . Meine Idee über Feuerordnung wieder bestätigt. Der Herzog wird endlich glauben. Die Augen brennen mich von der Glut und dem Rauch, und die Fußsohlen schmerzen. – Das Elend wird mir nach und nach so prosaisch wie ein Kaminfeuer.

An Frau v. Stein, Ilmenau, 7. 9. 1780 – Könnten wir nur auch den armen Maulwürfen hier Beschäftigung und Brot geben!

Tagebuch, 13. 5. – Was ich trage an mir und andern sieht kein Mensch. Das Beste ist die tiefe Stille, in der ich gegen die Welt lebe und wachse und gewinne, was sie mir mit Feuer und Schwert nicht nehmen können ... Niemand als wer sich ganz verleugnet, ist wert zu herrschen und kann herrschen.

Und nun sei ein heiliges Vermächtnis
Brüderlichem Wollen und Gedächtnis:
Schwerer Dienste tägliche Bewahrung,
Sonst bedarf es keiner Offenbarung.

Divan, Buch des Parsen

An Frau v. Stein, Creutzburg, 5. 4. 1782 – Die Welt ist eng, und nicht jeder Boden trägt jeden Baum; der Menschen Wesen ist kümmerlich, und man ist beschämt, wie man vor so vielen tausenden begünstigt ist. Man hört immer sagen, wie arm das

Land ist und ärmer wird, teils denkt man es sich nicht richtig, teils schlägt man es sich aus dem Sinn, wenn man denn einmal die Sache mit offnen Augen sieht, und sieht das Unheilbare, und wie doch immer gepfuscht wird!!

An Knebel, Ilmenau, 17. 4. – So steig ich durch alle Stände aufwärts, sehe den Bauersmann der Erde das Notdürftige abfordern, das doch auch ein behäglich Auskommen wäre, wenn er nur für sich schwitzte. Du weißt aber, wenn die Blattläuse auf den Rosenzweigen sitzen und sich hübsch dick und grün gesogen haben, dann kommen die Ameisen und saugen ihnen den filtrierten Saft aus den Leibern. Und so gehts weiter, und wir habens soweit gebracht, daß oben immer in einem Tage mehr verzehrt wird, als unten in einem beygebracht werden kann.

An Frau v. Stein, 9. 7. 1786 – Ich sage immer, wer sich mit der Administration abgibt, ohne regierender Herr zu seyn, der muß entweder ein Philister oder ein Schelm oder ein Narr seyn.

An Herzog Karl August, Neapel, 27. 5. 1787 – Vielmehr wünschte ich: Sie entbänden mich, mit einem freundlichen Wort, meiner bisherigen dienstlichen Obliegenheiten. Machen Sie diese Veränderung, wann und wie Sie es für gut befinden. Wie jetzt unsere Sachen stehn, können Sie es ohne Nachteil der Geschäfte, ja ich werde Ihnen mehr werden, als ich oft bisher war, wenn Sie mich nur das tun lassen, was niemand als ich tun kann und das übrige andern auftragen. Mein Verhältnis zu den Geschäften [dem Amt] ist aus meinem persönlichen zu Ihnen entstanden, lassen Sie nun ein neu Verhältnis zu Ihnen nach so manchen Jahren, aus dem bisherigen Geschäftsverhältnis entstehn ... Geben Sie mich mir selbst, meinem Vaterlande, geben Sie mich sich selbst wieder, daß ich ein neues Leben und ein neues Leben mit Ihnen anfange! Ich lege mein Schicksal zutraulich in Ihre Hände!

Besuch bei der Herzogin

Ich hatte versprochen die Herzogin von Giovane zu besuchen, die auf dem Schlosse wohnte, wo man mich denn, viele Stufen hinauf, durch manche Gänge wandern ließ, deren oberste verengt waren durch Kisten, Schränke und alles Mißfällige eines Hofgarderobewesens. Ich fand in einem großen und hohen Zimmer, das keine sonderliche Aussicht hatte, eine wohlgestaltete junge Dame von sehr zarter und sittlicher Unterhaltung. Als einer gebornen Deutschen war ihr nicht unbekannt, wie sich unsere Literatur zu einer freieren, weit umherblickenden Humanität gebildet; Herders Bemühungen und was ihnen ähnelte schätzte sie vorzüglich, auch Garvens reiner Verstand hatte ihr aufs innigste zugesagt. Mit den deutschen Schriftstellerinnen suchte sie gleichen Schritt zu halten, und es ließ sich wohl bemerken, daß es ihr Wunsch sei, eine geübte und belobte Feder zu führen. Dahin bezogen sich ihre Gespräche und verrieten zugleich die Absicht, auf die Töchter des höchsten Standes zu wirken; ein solches Gespräch kennt keine Grenzen. Die Dämmerung war schon eingebrochen, und man hatte noch keine Kerzen gebracht. Wir gingen im Zimmer auf und ab, und sie, einer durch Läden verschlossenen Fensterseite sich nähernd, stieß einen Laden auf, und ich erblickte, was man in seinem Leben nur einmal sieht. Tat sie es absichtlich mich zu überraschen, so erreichte sie ihren Zweck vollkommen. Wir standen an einem Fenster des oberen Geschosses, der Vesuv gerade vor uns; die herabfließende Lava, deren Flamme bei längst niedergegangener Sonne schon deutlich glühte und ihren begleitenden Rauch schon zu vergolden anfing, der Berg gewaltsam tobend, über ihm eine ungeheure feststehende Dampfwolke, ihre verschiedenen Massen bei jedem Auswurf blitzartig gesondert und körperhaft erleuchtet. Von da herab bis gegen das Meer ein Streif von Gluten und glühenden Dünsten; übrigens Meer und Erde, Fels und Wachstum deutlich in der Abenddämmerung, klar friedlich, in einer zauberhaften Ruhe. Dies alles mit einem Blick zu übersehen und den hinter dem Bergrükken hervortretenden Vollmond als die Erfüllung des wunderbarsten Bildes zu schauen, mußte wohl Erstaunen erregen.

Dies alles konnte von diesem Standpunkt das Auge mit einmal fassen, und wenn es auch die einzelnen Gegenstände zu mustern nicht imstande war, so verlor es doch niemals den Eindruck des großen Ganzen. War unser Gespräch durch dieses Schauspiel unterbrochen, so nahm es eine desto gemütlichere Wendung. Wir hatten nun einen Text vor uns, welchen Jahrtausende zu kommentieren nicht hinreichen. Je mehr die Nacht wuchs, desto mehr schien die Gegend an Klarheit zu gewinnen; der Mond leuchtete wie eine zweite Sonne; die Säulen des Rauchs, dessen Streifen und Massen durchleuchtet bis ins einzelne deutlich, ja man glaubte mit halbweg bewaffnetem Auge die glühend ausgeworfenen Felsklumpen auf der Nacht des Kegelberges zu unterscheiden. Meine Wirtin, so will ich sie nennen, weil mir nicht leicht ein köstlichers Abendmahl zubereitet war, ließ die Kerzen an die Gegenseite des Zimmers stellen, und die schöne Frau, vom Monde beleuchtet, als Vordergrund dieses unglaublichen Bildes, schien mir immer schöner zu werden, ja ihre Lieblichkeit vermehrte sich besonders dadurch, daß ich in diesem südlichen Paradiese eine sehr angenehme deutsche Mundart vernahm. Ich vergaß, wie spät es war, so daß sie mich zuletzt aufmerksam machte: sie müsse mich wiewohl ungerne entlassen, die Stunde nahe schon, wo ihre Galerien klostermäßig verschlossen würden. Und so schied ich zaudernd von der Ferne und von der Nähe, mein Geschick segnend, das mich für die widerwillige Artigkeit des Tages noch schön am Abend belohnt hatte. Unter den freien Himmel gelangt, sagte ich mir vor: daß ich in der Nähe dieser größern Lava doch nur die Wiederholung jener kleinern würde gesehen haben, und daß mir ein solcher Überblick, ein solcher Abschied aus Neapel nicht anders als auf diese Weise hätte werden können.

Italienische Reise II, 2. 6. 1787

«Die Liebe macht vieles möglich»

In der Liebe ist alles Wagestück. Unter der Laube oder vor dem Altar, mit Umarmungen oder goldenen Ringen, beim Gesange der Heimchen oder bei Trompeten und Pauken, es ist alles nur ein Wagestück, und der Zufall tut alles.

Lehrjahre VIII. 3

Ich wünschte mir eine hübsche Frau,
Die nicht alles nähme gar zu genau,
Doch aber zugleich am besten verstände,
Wie ich mich selbst am besten befände.

Zahme Xenien IV. 7

Pah! sagte Goethe lachend, als ob die Liebe etwas mit dem Verstande zu tun hätte! Wir lieben an einem jungen Frauenzimmer ganz andere Dinge als den Verstand. Wir lieben an ihr das Schöne, das Jugendliche, das Neckische, das Zutrauliche, den Charakter, ihre Fehler, ihre Kapricen, und Gott weiß was alles Unaussprechliche sonst, aber wir lieben nicht ihren Verstand. Ihren Verstand achten wir, wenn er glänzend ist, und ein Mädchen kann dadurch in unseren Augen unendlich an Wert gewinnen. Auch mag der Verstand gut sein, uns zu fesseln, wenn wir bereits lieben. Allein der Verstand ist nicht dasjenige, was fähig wäre, uns zu entzünden und eine Leidenschaft zu erwecken.

Eckermann, 2. 1. 1824

Christiane

Carl v. Stein, Frühjahr 1789 – Zuweilen ging mein Bruder Fritz auch nach Goethens Gartenhaus, um zu sehen, wie es dort aussäh. Eines Tages, wie er unbefangen dorthin geht und sich allein glaubt, begegnet ihm ein kleines korpulentes Frauenzimmer, welche auch daselbst zu Hause zu sein vermeint. Mein Bruder, der mit beinahe pedantischer Sittsamkeit erzogen, konnte sich nicht denken, in was für Verhältnissen Goethe zu jener plötzlichen Erscheinung des gedachten Mädchens stehen möchte. Jenes Frauenzimmer aber war die Demoiselle Vulpius, Goethes spätere Gattin.

Caroline Herder, 8. 3. 1789 – Ich habe nun das Geheimnis von der Stein selbst, warum sie mit Goethe nicht mehr recht gut sein will. Er hat die junge Vulpius zu seinem Clärchen, und läßt sie oft zu sich kommen usw. Die Stein verdenkt ihm das sehr. Da er ein so vorzüglicher Mensch ist, sollte er nichts tun, wodurch er sich zu den andern so herabwürdigt.

Goethe an Frau v. Stein, 1. 6. 1789 – Ich danke dir für den Brief, den du mir zurückließest, wenn er mich gleich auch auf mehr als eine Weise betrübt hat. Ich zauderte, darauf zu antworten, weil es in einem solchen Fall schwer ist, aufrichtig zu sein und nicht zu verletzen . . . Leider warst du, als ich aus Italien zurückkam, in einer sonderbaren Stimmung, und ich gestehe aufrichtig: daß die Art, wie du mich empfingst, für mich äußerst empfindlich war. Und das alles, eh von einem Verhältnis die Rede sein konnte, das dich so sehr zu kränken scheint. – Wer wird dadurch verkürzt? Wer macht Anspruch an die Empfindungen, die ich dem armen Geschöpf gönne? Wer an die Stunden, die ich mit ihm zubringe?

Liebesqual verschmäht mein Herz,
Sanften Jammer, süßen Schmerz;
Nur vom Tüchtgen will ich wissen,
Heißem Äuglen, derben Küssen.
Sei ein armer Hund erfrischt
Von der Lust, mit Pein gemischt!
Mädchen, gib der frischen Brust
Nichts von Pein, und alle Lust!

Frech und Froh, um 1788/89

Karoline Jagemann, Erinnerungen – In meiner Kindheit wohnte Christiane Vulpius neben uns und war ein sehr hübsches, freundliches, fleißiges Mädchen; aus ihrem apfelrunden, frischen Gesicht blickten ein Paar brennend schwarze Augen; ihr etwas aufgeworfener Mund zeigte, da sie gerne lachte, eine Reihe schöner, weißer Zähne, und dunkelbraune volle Locken fielen ihr um Stirn und Nacken. Sie ernährte ihren pensionierten Vater und eine alte Tante durch ihre Geschicklichkeit im Verfertigen künstlicher Blumen. Goethe lernte sie in dieser Dürftigkeit kennen.

Goethe an Herder, Breslau, 11. 9. 1790 – Es ist all und überall Lumperei und Lauserei, und ich habe gewiß keine eigentlich vergnügte Stunde, bis ich mit euch zur Nacht gegessen und bei meinem Mädchen geschlafen habe. Wenn ihr mich lieb behaltet, wenige Gute mir geneigt bleiben, mein Mädchen treu ist, mein Kind lebt, mein großer Ofen gut heizt, so hab ich vorerst nichts weiter zu wünschen.

Böttiger – Nichts ist einfacher als seine jetzige Häuslichkeit. Abends sitzt er in einer wohlgeheizten Stube, eine weiße Fuhrmannsmütze auf dem Kopf, ein Wollenjäckchen und lange Flauschpantalons an, in niedergetretenen Pantoffeln und herabhängenden Strümpfen im Lehnstuhl, während sein kleiner Junge auf seinen Knien schaukelt. In einem Winkel sitzt stillschweigend und meditierend der Maler Meyer, auf der anderen Seite die Donna Vulpia mit dem Strickstrumpf. Das ist die Familiengruppe.

«Nur nicht mit Zeremonie»

Goethe an Herder, Jena, 12. 3. 1790 – Da man gegen das Ende weich und sorglich zu werden anfängt, so fiel mir erst ein, daß nach meiner Abreise nach Venedig mein Mädchen und mein Kleiner ganz und gar verlassen sind, wenn ihnen irgend etwas zustieße, worin sie sich nicht zu helfen wüßte. Ich habe ihr gesagt, sich in einem solchen äußersten Fall, an dich zu wenden. Verzeih!... *Mantua 28. 5.* ... und ich gestehe gern, daß ich das Mädchen leidenschaftlich liebe. Wie sehr ich an sie geknüpft bin, habe ich erst auf dieser Reise gefühlt.

Goethe an Christiane, Verdun, 10. 9. 1792 – Wärst du nur jetzt bei mir! Es sind überall große breite Betten, und du solltest dich nicht beklagen, wie es manchmal zu Hause geschieht. Ach! mein Liebchen! Es ist nichts besser, als beisammen zu sein. Wir wollen es uns immer sagen, wenn wir uns wieder haben ... Behalte mich ja lieb! Denn ich bin manchmal in Gedanken eifersüchtig und stelle mir vor, daß dir ein andrer besser gefallen könnte, weil ich viele Männer hübscher und angenehmer finde als mich selbst. Das mußt du aber nicht sehen, sondern du mußt mich für den besten halten, weil ich dich ganz entsetzlich lieb habe, und mir außer dir nichts gefällt. Solang ich dein Herz nicht hatte, was half mir das übrige, jetzt da ichs habe, möcht ichs gern behalten.

Humboldt, Sommer 1795 – Als wir gestern ankamen, kam der kleine August Goethe seinem Vater entgegengesprungen, und Du hättest nur sehen sollen, wie der Junge so lieb tat mit seiner heftigen Zärtlichkeit, und der alte Goethe so herzlich froh dabei war.

Ludwig Hülsen, 13. 4. 1800 – Ich weiß, daß Goethes Genossin keineswegs eine Magd im Hause war. Ich selbst habe beide Hand in Hand und in traulichen Gesprächen öffentlich spazieren gehen sehen, und ein munterer Knabe geleitete sie. Auch habe ich die Frau selbst gesprochen und könnte nicht sagen, daß es ihr an Bildung fehlte. Sie hat sehr viel Einnehmendes.

Goethe zu Kanzler Müller, 14. 9. 1823 – Eine Liebe kann wohl im Nu entstehen, aber wer wird denn gleich heuraten? Liebe ist etwas Ideelles, Heuraten etwas Reelles, und nie verwechselt man ungestraft das Ideelle mit dem Reellen. Solch ein wichtiger Lebensschritt will allseitig überlegt sein und das längere Zeit hindurch. [Goethe heiratete Christiane 1806]

Friederike Bruns, 12. 7. 1795 – Heute redete ich viel mit Goethe über seine häuslichen Verhältnisse. Wie er aus Scheu vor einer genauen Verbindung nach und nach mit einem Wesen, das Gleichheit der Denkart und Handlungsweise ihm lieb gemacht habe, in die genaueste Verbindung geraten sei. – Ich sagte ihm meine Freude an seiner Wahrhaftigkeit und Billigkeit. «Das erste ist man, weil man *muß*, das zweite, soviel man *kann*», sagte er sehr bescheiden.

H. Düntzer, um 1796 – Von Lotte Schiller hat Frau von Stein vernommen, daß Goethe einmal den Grafen Geßler, einen Freund Körners, zum Heiraten habe bereden wollen und auf die Frage der Schwägerin Körners: «Warum heiraten Sie nicht selbst?» sehr ernst erwidert habe: «Ich bin verheiratet, nur nicht mit Zeremonie.»

«An Frau v. Goethe»

Ich ging im Walde
So vor mich hin
Und nichts zu suchen,
Das war mein Sinn.

Im Schatten sah ich
Ein Blümchen stehn,
Wie Sterne blinkend,
Wie Äuglein schön.

Ich wollt es brechen,
Da sagt es fein:
Soll ich zum Welken
Gebrochen sein?

Mit allen Wurzeln
Hob ich es aus
Und trug's zum Garten
Am hübschen Haus.

Und pflanzt es wieder
Am kühlen Ort;
Nun zweigt und blüht es
Mir immer fort.

26. August 1813,
der Zeit vor 25 Jahren gedenkend

Goethe zu Kanzler Müller, 16. 3. 1824 – Heute war ich nach langer Zeit wieder in meinem Parkgarten; gerne würde ich öfter dort verweilen, wenn es nicht zuviel Apprehension gäbe. Die alten selbstgepflanzten Bäume, die alten Erinnerungen machen mir aber ganz unheimliche Eindrücke. Sechs ganze Jahre habe ich dort förmlich gewohnt und bin oft nach der Redoute des Nachts im Tabarro hinausgelaufen. Nie habe ich meine Naturstudien so innig als dort getrieben, die Natur mit ganz andern Augen angeschaut und sie in jeder Stunde des Tags und der Nacht belauscht.

Ich kam höchst unwissend in dieser Beziehung nach Weimar, und erst das Bedürfnis, dem Herzog bei seinen mancherlei Unternehmungen praktische Ratschläge zu geben, trieb mich zum Studium der Natur.

An Frau v. Stein, 7. 9. 1780 – Meine Wandrung durch den Thüringer Wald ist glücklich vollendet und ich sitze und ruhe. Wir sind auf die hohen Gipfel gestiegen und in die Tiefen der Erde eingekrochen, und mögten gar zu gern der großen formenden Hand nächste Spuren entdecken. Ich leb mit Leib und Seel in Stein und Bergen und bin sehr vergnügt über die weiten Aussichten, die sich mir auftun.

An Knebel, 17. 4. 1782 – Du erinnerst dich noch, mit welcher Sorgfalt und Leidenschaft ich die Gebürge durchstrich, und ich die Abwechslungen der Landsarten zu erkennen mir angelegen seyn ließ. Das hab ich nun wie auf einer Einmaleins-Tafel und weiß von jedem Baum und jeder Flur Rechenschaft zu geben.

Freudig war, vor vielen Jahren,
Eifrig so der Geist bestrebt,
Zu erforschen, zu erfahren,
Wie Natur im Schaffen lebt.
Und es ist das ewig Eine,
Das sich vielfach offenbart:
Klein das Große, groß das Kleine,
Alles nach der eignen Art;
Immer wechselnd, fest sich haltend,
Nah und fern und fern und nah,
So gestaltend umgestaltend –
Zum Erstaunen bin ich da.

Parabase

Maximen und Reflexionen 420 – Die Natur hat uns das Schachbrett gegeben, aus dem wir nicht hinauswirken können noch wollen; sie hat uns die Steine geschnitzt, deren Wert, Bewegung und Vermögen nach und nach bekannt werden: nun ist es an uns, Züge zu tun, von denen wir uns Gewinn versprechen.

St. Schütze, Frühjahr 1813 – Es gibt nichts Neues in der Natur und in den Wissenschaften, das nicht eine Zeitlang Goethes Gedanken beschäftigt hätte. Dabei ist das Ausdauern zu bewundern, womit er viele Stunden und Tage einem einzigen Gegenstand widmet, wobei ein andrer zehnmal ermüden oder über Langeweile klagen würde.

Eckermann, am 13. 10. 1830 – Goethe zeigte mir Tabellen, wohinein er in lateinischer und deutscher Sprache viele Namen von Pflanzen geschrieben hatte, um sie auswendig zu lernen. Er sagte mir, daß er ein Zimmer gehabt, das ganz mit solchen Tabellen austapeziert gewesen und worin er, an den Wänden umhergehend, studiert und gelernt habe. «Es tut mir leid», fügte er hinzu, «daß es später überweißt worden.»

Goethe an Frau v. Stein, 15. 6. 1786 – Wie lesbar mir das Buch der Natur wird, kann ich dir nicht ausdrücken; mein langes Buchstabieren hat mir geholfen, jetzt rückts auf einmal, und meine stille Freude ist unaussprechlich.

Herder, am 13. 6. 1786 – Goethe ist in seiner Naturforschung der freieste, gründlichste, reinste Geist, den ich als Beobachter kennen gelernt habe, ein wahres exemplar humanae naturae in diesem Fache, dessen Umgang mein Trost ist und dessen Gespräche jedesmal meine Seele erweitern.

Eckermann, am 2. 8. 1830 – «Was ist auch im Grunde aller Verkehr mit der Natur», sagte Goethe, «wenn wir nicht das Atmen des Geistes empfinden, der jedem Teil die Richtung vorschreibt und jede Ausschweifung durch ein innewohnendes Gesetz bändigt oder sanktioniert. Ich habe mich seit fünfzig Jahren in dieser großen Angelegenheit abgemüht; anfänglich einsam, dann unterstützt und zuletzt zu meiner großen Freude überragt durch verwandte Geister.»

So schauet mit bescheidnem Blick
Der ewigen Weberin Meisterstück,
Wie Ein Tritt tausend Fäden regt,
Die Schifflein hinüber, herüber schießen,
Die Fäden sich begegnend fließen,
Ein Schlag tausend Verbindungen schlägt,
Das hat sie nicht zusammengebettelt,
Sie hats von Ewigkeit angezettelt;
Damit der ewige Meistermann
Getrost den Einschlag werfen kann.

Antepirrhema

Zwei Große über einander

Schiller an Gottfried Körner, 24. 7. 1787 – Ich komme von Herdern ... Goethe liebt er mit Leidenschaft, mit einer Art Vergötterung. Wir haben erstaunlich viel über diesen, der noch in Italien ist, gesprochen. – *12. August* Diese Tage bin ich auch in Goethens Garten gewesen beim Major v. Knebel, der jetzt dort wohnt. Goethens Geist hat alle Menschen, die sich zu seinem Zirkel zählen, gemodelt. Sein Name wird von ihnen mit einer Art von Anbetung genannt, und er wird mehr noch als Mensch denn als Schriftsteller geliebt und bewundert. – *12. September* Endlich kann ich dir von Goethe erzählen, der seit Mitte Juni aus Italien zurück ist. Sein erster Anblick stimmt die hohe Meinung ziemlich tief herunter, die man mir von dieser anziehenden und schönen Figur beigebracht hatte. Er ist von mittlerer Größe, trägt sich steif und geht auch so; sein Gesicht ist verschlossen, aber sein Auge sehr ausdrucksvoll, lebhaft, und man hängt mit Vergnügen an seinem Blick. Seine Stimme ist überaus angenehm, seine Erzählung fließend, geistvoll und belebt. – *2. Februar 1789*

Öfters um Goethe zu sein, würde mich unglücklich machen; er ist an nichts zu fassen; ich glaube in der Tat, er ist ein Egoist in ungewöhnlichem Grade. Er macht seine Existenz wohltätig kund, aber nur wie ein Gott, ohne sich selbst zu geben. Ein solches Wesen sollten die Menschen nicht um sich aufkommen lassen. Mir ist er dadurch verhaßt, ob ich gleich seinen Geist von ganzem Herzen liebe und groß von ihm denke. Ich betrachte ihn wie eine stolze Prüde, der man ein Kind machen muß, um sie vor der Welt zu demütigen. Eine ganz sonderbare Mischung von Haß und Liebe ist es, die er in mir erweckt. – *9. März* Dieser Mensch, dieser Goethe ist mir einmal im Wege, und er erinnert mich so oft, daß das Schicksal mich hart behandelt hat. Wie leicht ward *sein* Genie von seinem Schicksal getragen, und wie muß *ich* bis auf diese Minute noch kämpfen! – *1. September 1794* Bei meiner Rückkunft fand ich einen sehr herzlichen Brief von Goethe, der mir nun endlich mit Vertrauen entgegenkommt. – *12. September* Ich werde künftige Woche auf vierzehn Tage nach Weimar abreisen und bei Goethe wohnen. Er hat mir so sehr zugeredet, daß ich mich wohl nicht weigern konnte, da ich alle mögliche Freiheit und Bequemlichkeit bei ihm finden soll. Unsre nähere Berührung wird für uns beide entscheidende Folgen haben, und ich freue mich innig darauf.

Schiller an Gräfin Schimmelmann, 23. 11. 1800 – Dieses und einige Äußerungen in Ihrem Briefe führen mich natürlich auf meine Bekanntschaft mit Goethen, die ich auch jetzt, nach einem Zeitraum von sechs Jahren, für das wohltätigste Ereignis meines ganzen Lebens halte. Ich brauche Ihnen über den Geist dieses Mannes nichts zu sagen. Sie erkennen seine Verdienste als Dichter, wenn auch nicht in *dem* Grade an, als ich sie fühle. Nach meiner innigsten Überzeugung kommt kein anderer Dichter ihm an Tiefe der Empfindung und an Zartheit derselben, an Natur und Wahrheit und zugleich an hohem Kunstverdienste auch nur von weitem bei. Die Natur hat ihn reicher ausgestattet als irgendeinen, der nach Shakespeare aufgestanden ist. Und außer diesem, was er von der Natur *erhalten,* hat er sich durch rastloses Nachforschen und Studium mehr *gegeben* als irgend ein anderer ... Aber diese hohen Vorzüge seines Geistes sind es nicht, was mich an ihn bindet. Wenn er nicht als Mensch für mich den größten Wert von allen hätte, die ich persönlich je habe kennen lernen, so würde ich sein Genie nur in der Ferne bewundern. Ich darf wohl sagen, daß ich in den sechs Jahren, die ich mit ihm zusammen lebte, auch nicht einen Augenblick an seinem Charakter irre geworden bin. Er hat eine hohe Wahrheit und Biederkeit in seiner Natur und den höchsten Ernst für das Rechte und Gute!

Goethe, 4. 8. 1831 – Ich dachte nicht, als ich den kranken Mann kennenlernte, daß er noch ein Jahr leben würde, und wir haben dann zwölf Jahre noch zusammen gelebt. Wie rasch schritt er vorwärts – er war jedes Mal gewachsen, wenn ich ihn wiedersah, so arbeitete er, so las er. – *18. Januar 1825* Alles an ihm war stolz und großartig, aber seine Augen waren sanft. Und wie sein Körper war sein Talent. – *11. September 1828* Schiller erscheint hier, in den Erinnerungen einer Freundin, wie immer im absoluten Besitz seiner erhabenen Natur; er ist so groß am Teetisch, wie er es im Staatsrat gewesen sein würde. Nichts geniert ihn, nichts engt ihn ein, nichts zieht den Flug seiner Gedanken herab; was in ihm von großen Ansichten lebt, geht immer frei heraus ohne Rücksicht und ohne Bedenken. Das war ein rechter Mensch, und so sollte man auch sein! – *3. August 1815* Schiller war der letzte Edelmann unter den deutschen Schriftstellern: sans tâche et sans reproche. – *9. November 1830* Er berührte nichts Gemeines, ohne es zu veredeln. – *17. Januar 1827* Schiller mochte sich stellen, wie er wollte, er konnte gar nichts machen, was nicht immer bei weitem größer herauskam als das Beste der Neueren; ja wenn er sich die Nägel beschnitt, war er größer als diese Herren. – *Erste Bekanntschaft mit Schiller 1794* Schillers Anziehungskraft war groß, er hielt alle fest, die sich ihm näherten.

Denn er war unser! Mag das stolze Wort
Den lauten Schmerz gewaltig übertönen!
Er mochte sich bei uns, im sichern Port,
Nach wildem Sturm zum Dauernden gewöhnen,
Indessen schritt sein Geist gewaltig fort
Ins Ewige des Wahren, Guten, Schönen,
Und hinter ihm im wesenlosen Scheine,
Lag, was uns alle bändigt, das Gemeine.

Epilog zu Schillers Glocke

Unterschiede

Henrik Steffens, 31. 12. 1799 – Den letzten Abend des Jahrhunderts erlebte ich mit meinen Jenaer Freunden in Weimar auf einer Maskerade, durch den Hof veranstaltet. Ein wohlgeordneter, von Goethe entworfener Aufzug machte den Anfang. Später fing der Maskenball an, und die verkleideten Tänzer bewegten sich ungezwungen durcheinander.

Nach Mitternacht zogen Goethe, Schiller und Schelling sich in ein Nebenkabinett zurück. Ich durfte mit von der Gesellschaft sein. Einige Bouteillen Champagner standen auf dem Tisch, und die Unterhaltung ward immer lebhafter. Da fiel mir, der ich mit meiner nordischen Virtuosität nüchterner blieb, als die alten Herren, die Veränderung auf, die mit zwei so bedeutenden Persönlichkeiten vorging. Goethe war unbefangen lustig, ja übermütig, während Schiller immer ernsthafter ward und sich in breiten doktrinären, ästhetischen Explikationen erging. Sie hatten die größte Ähnlichkeit mit seiner bekannten Kritik über Klopstock, und er ließ sich nicht stören, wenn Goethe ihn durch irgendeinen geistreichen Einwurf in seinem Vortrage zu verwirren suchte. Schelling behielt fortdauernd seine ruhige Haltung, ich konnte ihm kaum eine Veränderung anmerken ...

Diese Nacht ist mir um so wichtiger geworden, weil ich bald darauf erfuhr, welche bedenkliche Folgen dieser Abend für Goethe gehabt hat. Er unterlag zum erstenmal, wenn ich nicht irre, in seinem Leben einer bedeutenden Krankheit, und der Gedanke an seinen bevorstehenden Tod, der ihn später, wenigstens mehrere Jahre hindurch, gequält hat, war eine Folge dieser Krankheit.

Verwechslung

Freiherr v. Czettritz-Neuhauß – Doch ich erlaube mir, Ihnen eine Erzählung des Herrn von Goethe, die er allerliebst humoristisch vortrug, in meiner trockenen Manier mitzuteilen. Bei einem kleinen Souper, zu welchem ich befohlen, kam Goethe spät, und der Herzog rief ihm zu: Warum so spät? Aber es muß dir heut was Besonderes begegnet sein, das lese ich auf deinem Gesicht. Worauf Goethe berichtete:

Eine reiche Bürgersfrau aus Berlin, enthusiastische Verehrerin Goethes, entschloß sich, die damals lange Reise bei schlechten Wegen nach Weimar zu unternehmen, um den großen Mann wie Dichter von Angesicht zu sehen. Glücklich an Ort und Stelle angekommen, läßt sie sich bei Goethe melden und bittet um Audienz, die ihr abgeschlagen wird. Trostlos und voller Schmerz läuft sie zu dem Geheimrat von Müller, einem intimen Freund Goethes – wie sie dessen Bekanntschaft gemacht, berührte Goethe in seinem Vortrag nicht – und bittet um dessen Vermittlung, der er sich unterzieht und Goethe endlich dahinbringt, ihm zu sagen: Laß deine Klientin wissen, daß ich sie morgen früh elf Uhr empfangen werde. Spät abends erhält die Supplikantin diese sie beglückende Nachricht, welche ihr eine schlaflose Nacht macht, so wie sie mit frühem Morgen sich schon in höchsten Glanz wirft und ihr der Zeiger der Stadtuhr eine säumige Schnecke dünkt. Endlich zeigt er dreiviertel auf elf, und sie eilt nach der Wohnung des großen Mannes, wo sie von einem Diener empfangen und in den Salon geführt wird. – Im höchsten Grade aufgeregt, durchmißt die gute Frau den Saal auf und ab, bis endlich der Ersehnte erscheint, sie auf ihn zustürzt, sich auf die Knie wirft und pathetisch deklamiert:

Fest gemauert in der Erde
Steht das Haus aus Ton gebrannt!

worauf Goethe zu ihr sagt: Es freut mich, daß Sie meinen Freund Schiller ehren! – und davon geht.

Stachelverse

Dümmer ist nichts zu ertragen
Als wenn Dumme sagen den Weisen:
Daß sie sich in großen Tagen
Sollten bescheidentlich erweisen.

Überall will jeder obenauf sein,
Wie's eben in der Welt so geht.
Jeder sollte freilich grob sein,
Aber nur in dem was er versteht.

Will der Neid sich doch zerreißen,
Laß ihn seinen Hunger speisen.

Sich im Respekt zu erhalten
Muß man recht borstig sein.
Alles jagt man mit Falken,
Nur nicht das wilde Schwein.

Soll man dich nicht aufs schmählichste berauben,
Verbirg dein Gold, dein Weggehn, deinen
Glauben.

Wie kommt's, daß man an jedem Orte
So viel Gutes, so viel Dummes hört?
Die Jüngsten wiederholen der Ältesten Worte,
Und glauben, daß es ihnen angehört.

«Warum ist Wahrheit fern und weit?
Birgt sich hinab in tiefste Gründe?»
Niemand versteht zur rechten Zeit!
Wenn man zur rechten Zeit verstünde,
So wäre Wahrheit nah und breit,
Und wäre lieblich und gelinde.

West-östlicher Divan, Buch der Sprüche

Weinverstand

Götz von Berlichingen, I. Akt Martin – Wenn ihr gessen und trunken habt, seyd ihr wie neu gebohren. Seyd stärker, muthiger, geschickter zu eurem Geschäft. Der Wein erfreut des Menschen Herz, und die Freudigkeit ist die Mutter aller Tugenden. Wenn ihr Wein getrunken habt, seyd ihr alles doppelt, was ihr seyn sollt, noch einmal so leicht denkend, noch einmal so unternehmend, noch einmal so schnell ausführend.

J. Schwabe. – Goethe war im Punkte des Weinverstandes ein ungewöhnlich feiner Kenner. Eine glänzende Probe hiervon legte er bei einem Diner ab, zu welchem Carl August einen kleinen Kreis um sich versammelt hatte. Beim Nachtisch bat der Hofmarschall von Spiegel den Großherzog um die Erlaubnis, einen Wein ohne Namen auftragen zu lassen. Ein Rotwein wurde herumgereicht, gekostet und recht gut befunden. Mehrere der Herren erklärten ihn für Burgunder, nur war man über die spezielle Sorte dieses edlen Gewächses nicht einig. Da aber bewährte Weinzungen die Diagnose auf Burgunder gestellt hatten, so wurde dieselbe einstimmig angenommen. Nur Goethe kostete und kostete wieder, schüttelte das Haupt und setzte das geleerte Glas nachdenklich auf den Tisch. «Exzellenz scheinen anderer Ansicht zu sein», sagte der Hofmarschall: «darf ich fragen, welchen Namen Sie dem Weine geben?» «Der Wein ist mir durchaus unbekannt», erwiderte Goethe, «aber für Burgunder halte ich ihn nicht. Eher sollte ich meinen, es sei ein gut gelesener Jenenser, der eine Zeitlang auf einem Madeirafaß gelegen hat.» – «Und so ist es in der Tat», bestätigte der Hofmarschall.

Der Gastgeber

Wieland, 27. 8. 1778 – Verwichenen Sonnabend fuhren wir zu Goethen, der die Herzogin auf den Abend in seinen Garten eingeladen hatte, um sie mit all den Poëmen, die er in ihrer Abwesenheit an den Ufern der Ilm zustande gebracht, zu regalieren. Wir speiseten in einer gar holden Einsiedelei, und als wir dann aufstanden und die Türe öffneten, da stellte sich uns, durch geheime Anstalt Goethes, unseres Archi-Magus, ein Anblick dar, der mehr einer realisierten dichterischen Vision als einer Naturszene ähnlich sah. Das ganze Ufer der Ilm, ganz in Rembrandts Geschmack, beleuchtet – ein wunderbares Zaubergemisch von Hell und Dunkel, das im Ganzen einen Effekt machte, der über allen Ausdruck geht. Die Herzogin war davon entzückt, wie wir alle. Als wir die kleine Treppe der Einsiedelei herabstiegen und zwischen den Felsenstücken und Buschwerken längs der Ilm gegen die Brücke, die diesen Platz mit einer Ecke des Sterns verbindet, hingingen, zerfiel die ganze Vision nach und nach in eine Menge kleiner Rembrandtischer Nachtstücke, die man ewig hätte vor sich sehen mögen, und die nun durch die dazwischen herumwandelnden Personen ein Leben und ein Wunderbares bekamen, das für meine poetische Wenigkeit gar was Herrliches war. Ich hätte Goethe vor Liebe fressen mögen.

Heiter trete jeder Sänger,
Hochwillkommen, in den Saal:
Denn nur mit dem Grillenfänger
Halten wirs nicht liberal;
Fürchten hinter diesen Launen,
Diesem ausstaffierten Schmerz,
Diesen trüben Augenbraunen
Leerheit oder schlechtes Herz.

Heinrich Voß, Februar 1804 – Ich kann dir nicht sagen, wie schwül mir anfangs wurde, als ich mich in Weimar präsentieren sollte. Die Leute hatten – Gott weiß wodurch! – eine zu vorteilhafte Meinung von mir; auch Goethe. Nun hatte er sich zu meinem Examinator erboten. Das alles war mir so feierlich und – ich weiß selbst nicht wie! Mir hat das Herz gepocht, als ich vor seinem Hause still hielt, als ich die Treppe hinaufging, als sich die Stubentür öffnete. Der Mann war mir so furchtbar majestätisch! Aber wie ganz anders ward mir zu Mute, als er mich freundlich anblickte, und ich Durchgefrorener seinen warmen Händedruck fühlte. Er fing auch gar nicht auf der Stelle ein ernsthaftes Gespräch an; er fragte nach meiner Gesundheit, die ich zum ersten Mal einem so strengen Winter- und Windtage ausgesetzt hatte, ließ mich nahe an den Ofen rücken, wollte mir Kaffee, Wein, kurz alles Mögliche zum Frühstück auftischen. Der Ton, in dem er mit mir redete, war wie der eines Vaters, und da ward es mir nicht schwer, so viel Zutrauen zu ihm zu fassen und den Mut in seiner Gegenwart zu behaupten; was er gerne an jungen Leuten wahrzunehmen scheint ...

Nun weißt du es, daß ich fröhlich war, als wir uns am Abend zum Essen und zu scherzhafterer Unterhaltung vereinigten. Es wurde bei Tisch, in einer Gesellschaft von Schauspielern und Schauspielerinnen, gescherzt, gelacht, am Ende sogar die bunte Reihe hindurch geküßt, und Goethe war fast am lustigsten. – Ich bat gegen Ende der Mahlzeit den Hofmeister von Goethes Sohn, mir einen Schlag zu geben mit den Worten: «Schick's weiter». Ich gab ihn meiner Nachbarin Silie und diese ihrem Nachbarn, und so ging's weiter bis zur Maaß, die neben Goethe saß. Die Maaß stutzte ein wenig, doch entschloß sie sich endlich, Goethe einen tüchtigen Klaps zu geben. Goethe dreht sich zu ihr, und küßt sie und drauf seine andere Nachbarin mit den Worten: «Schick's weiter». Die will durchaus nicht, wahrscheinlich weil ihr der Nachbar nicht anstand. «Nun», sagt Goethe, «wenn's so nicht herum will, muß es retour gehen», läßt sich wieder küssen, küßt wieder die Maaß, und so geht's fort, bis auf die kleine Silie, die mir den letzten Kuß gab.

Ich habe getrunken, nun trink ich erst gern!
Der Wein, er erhöht uns, er macht uns zum Herrn
Und löset die sklavischen Zungen.
Ja, schonet nur nicht das erquickende Naß:
Denn schwindet der älteste Wein im Faß,
So altern dagegen die jungen.

Kanzler Müller, 25. 10. 1823 – Madame Szymanowska, die schöne Polin, die unvergleichliche Klavierspielerin, von der Goethe sich in Marienbad so angezogen fühlte, an die er das herrliche Gedicht machte, ist seit gestern früh hier. Gestern abend waren wir mit ihr zu einem Konzert bei Goethe.

Kanzler Müller, 4. 11. – Heute öffentliches Konzert von Madame Szymanowska. Hinterher mit ihr und den Egloffsteins zum Souper bei Goethe. Als unter mancherlei ausgebrachten Toasten auch einer der Erinnerung geweiht wurde, brach Goethe mit Heftigkeit in die Worte aus: «Ich statuiere keine *Erinnerung* in eurem Sinne, das ist nur eine unbeholfene Art sich auszudrücken. Was uns irgend Großes, Schönes, Bedeutendes begegnet, muß nicht erst von außen her wieder *er-innert*, gleichsam er-jagt werden, es muß sich vielmehr gleich von Anfang an her in unser Inneres verweben, mit ihm eins werden, ein neues besseres Ich in uns erzeugen und so ewig bildend in *uns* fortleben und schaffen. Haben wir», setzte er mit großer

Rührung hinzu, «dies nicht alle in diesen Tagen an uns selbst erfahren? Fühlen wir uns nicht allesamt durch diese liebenswürdige Erscheinung, die uns jetzt wieder verlassen will, im Innersten erfrischt, verbessert, erweitert? Nein, *sie kann* uns nicht entschwinden, sie ist in unser innerstes Selbst übergegangen, sie lebt mit uns fort und, fange sie auch an, was sie wolle, mir zu entfliehen, ich halte sie immerdar fest in mir.»

Kanzler Müller, 5. 11. – Als ich nachmittags zu Goethe kam, traf ich ihn noch mit Madame Szymanowska zu Tische. Sie hatte eben an die ganze Familie bis zu Wölfchen, ihrem Liebling, herab, die allerzierlichsten kleinen Geschenke, zum Teil eigner Hände Arbeit, ausgeteilt. Der alte Herr war in der wunderbarsten Stimmung. Er wollte heiter und humoristisch sein, und überall blickte der tiefste Schmerz des Abschieds durch. Um 5 Uhr war Madame Szymanowska zur Abschiedsaudienz bei der Großfürstin bestellt. Sie war, der Hoftrauer entsprechend, ganz schwarz gekleidet, was den Eindruck noch erhöhte. – Der Wagen fuhr vor. Ohne daß Goethe es merkte, war sie verschwunden. Es schien zweifelhaft, ob sie nocheinmal zurückkäme. Da trat das Menschliche in Goethe einmal recht unverhüllt hervor. Er bat mich aufs dringendste zu bewirken, daß sie nochmals erschiene, daß sie nicht ohne Abschied scheiden möchte.

Einige Stunden später führten der Sohn und ich sie wieder zu ihm. Welch eine still-gemütliche Viertelstunde! «Ich scheide reich und getröstet von Ihnen», sagte sie. «Sie haben mir den Glauben an mich selbst bestätigt, ich fühle mich besser und würdiger, da *Sie* mich lieben. Nichts von Abschied, nichts von Dank; lassen Sie uns vom Wiedersehen träumen. O daß ich doch schon viel älter wäre und einen Enkel bald zu hoffen hätte, er müßte Wolf heißen, und das erste Wort, das ich ihn stammeln lehrte, wäre Ihr teurer Name».

«Comment», erwiderte Goethe, «vos compatriotes ont eu tant de peines à chasser des loups de chez eux, et Vous voulez les y reconduire?» –

Aber alle Anstrengung des Humors half nicht aus, die hervorbrechenden Tränen zurückzuhalten; sprachlos schloß er sie in seine Arme, und sein segnender Blick begleitete sie noch lange, als Madame Szymanowska durch die offene lange Reihe der Gemächer entschwand.

Ein paar Tage zuvor hatte uns Madame ihr Album gezeigt. In dieses Buch hat Goethe die wunderschönen Stanzen geschrieben, die ich für Sie, geliebte Julinde, hier abgestohlen habe ...

Die Leidenschaft bringt Leiden! – Wer beschwichtigt,
Beklommenes Herz, dich, das zu viel verloren?
Wo sind die Stunden, überschnell verflüchtigt?

Vergebens war das Schönste dir erkoren!
Trüb ist der Geist, verworren das Beginnen;
Die hehre Welt, wie schwindet sie den Sinnen!

Da schwebt hervor Musik mit Engelsschwingen,
Verflicht zu Millionen Tön um Töne,
Des Menschen Wesen durch und durch zu dringen,
Zu überfüllen ihn mit ewger Schöne:
Das Auge netzt sich, fühlt im höhern Sehnen
Den Götter-Wert der Töne wie der Tränen.

Und so das Herz erleichtert merkt behende,
Daß es noch lebt und schlägt und möchte schlagen,
Zum reinsten Dank der überreichen Spende
Sich selbst erwidernd willig darzutragen.
Da fühlte sich – o daß es ewig bliebe!
Das Doppel-Glück der Töne wie der Liebe.

Trilogie der Leidenschaft. Aussöhnung

Das Hauptgeschäft

Goethe, Tagebuch, 10. 2. 1826 – Entwürfe und Andeutungen zum Faust durchgesehen und vermehrt. – *11. Februar* Einiges zur Fortführung des Hauptgeschäfts. – *12. März* Abends Dr. Eckermann. Einiges im neuen Faust vorgelesen. – *4.April* Einiges zu Faust konzipiert und mundiert. – *12.April* Einiges an Helena ajustiert. – *24.Juni* Völliger Abschluß der Helena, durch Umschreiben einiger Bogen. – *11.Juli* Las Zelter die Helena hinaus. Berichtigte ich das fortzusendende Manuskript.

Was hilft es, viel von Stimmung reden?
Dem Zaudernden erscheint sie nie.
Gebt ihr euch einmal für Poeten,
So kommandiert die Poesie.

Eckermann, 24. 9. 1827 – Goethe war in den geistreichsten Mitteilungen unerschöpflich, auch über den Faust. – *16.Dezember 1829* Las Goethe mir die Szene, wo Mephisto zu Wagner geht. – *27. Dezember* Las Goethe die Szene vom Papiergeld. – *30. Dezember* Las Goethe die fernere Szene. – *24.Januar 1830* «Es sollte mich nun aber auch nichts wieder vom Faust abbringen», sagte Goethe, «es wäre doch toll genug, wenn ich es erlebte, ihn zu vollenden.» – *14. Februar* Goethe erzählte mir, daß er jeden Tag weiterkomme und daß ihm wunderbare Dinge über die Erwartung gelängen. – *16. März* Wir waren heiter und sprachen von Arbeiten und Vorsätzen hin und her. «Es ist nicht gut, daß der Mensch alleine sei», sagte

Goethe, «und besonders nicht, daß er alleine arbeite; vielmehr bedarf er der Teilnahme und Anregung, wenn etwas gelingen soll. Sie können es sich zurechnen, wenn ich den zweiten Teil des Faust zustande bringe.» – *21. März* «In der Poesie lassen sich gewisse Dinge nicht zwingen, und man muß von guten Stunden erwarten, was durch geistigen Willen nicht zu erreichen ist», sagte Goethe.

Goethe an Zelter, 1. 6. 1831 – Es ist keine Kleinigkeit, das, was man im zwanzigsten Jahr konzipiert hat, im 82. außer sich darzustellen und ein solches inneres lebendiges Knochengeripp mit Sehnen, Fleisch und Oberhaut zu bekleiden, auch wohl dem fertig Hingestellten noch einige Mantelfalten umzuschlagen, damit alles zusammen ein offenbares Rätsel bleibe, die Menschen fort und fort ergetze und ihnen zu schaffen mache.

Goethe, Tagebuch, 21. 7. 1831 – Abschluß des Hauptgeschäftes. – *22. Juli* Das Hauptgeschäft zu Stande gebracht. Letztes Mundum. Alles rein Geschriebene eingeheftet.

Heilige Poesie
Himmelan steige sie!
Glänze, der schönste Stern,
Fern und so weiter fern!

Und sie erreicht uns doch
Immer, man hört sie noch,
Vernimmt sie gern ...

Faust II, Dritter Akt, Arkadien

Goethe an Humboldt, 17. 3. 1832 – Nach einer langen willkürlichen Pause beginne ich folgendermaßen und doch nur aus dem Stegreife: ... Je früher der Mensch gewahr wird, daß es ein Handwerk, daß es eine Kunst gibt, die ihm zur geregelten Steigerung seiner natürlichen Anlagen verhelfen, desto glücklicher ist er. Hier treten die mannigfaltigen Bezüge ein zwischen dem Bewußten und Unbewußten. Die Organe des Menschen durch Übung, Lehre, Nachdenken, Gelingen, Mißlingen, Fördernis und Widerstand und immer wieder Nachdenken verknüpfen ohne Bewußtsein in einer freien Tätigkeit das Erworbene mit dem Angeborenen, so daß es eine Einheit hervorbringt, welche die Welt in Erstaunen setzt ... Es sind über sechzig Jahre, daß die Konzeption des Faust, bei mir jugendlich von vornherein klar, die ganze Reihenfolge hin weniger ausführlich vorlag. Nun habe ich die Absicht immer sachte neben mir hergehen lassen, und nur die mir gerade interessantesten Stellen einzeln durchgearbeitet, so daß im zweiten Teil Lücken blieben. Hier trat nun eigentlich die große Schwierigkeit ein, dasjenige durch Vorsatz und Charakter zu erreichen, was eigentlich der freiwillig tätigen Natur allein zukommen sollte. [. . .] Ganz ohne Frage würde es mir unendliche Freude machen, meinen Freunden auch bei Lebzeiten [Goethe hatte das Faust-Manuskript eingesiegelt und zur Veröffentlichung erst nach seinem Tode bestimmt] diese sehr ernsten Scherze zu widmen und ihre Erwiderung zu vernehmen. Der Tag aber ist wirklich so absurd und konfus, daß ich mich überzeuge, meine redlichen, lange verfolgten Bemühungen um dieses seltsame Gebäu würden schlecht belohnt und an den Strand getrieben, wie ein Wrack in Trümmern daliegen und von dem Dünenschutt der Stunden zunächst überschüttet werden. Verwirrende Lehre zu verwirrtem Handel waltet über der Welt, und ich habe nichts angelegentlicher zu tun als dasjenige, was an mir ist und geblieben ist, wo möglich noch zu steigern und meine Eigentümlichkeit zu kohobieren . . .

Verzeihung diesem verspätetem Blatte! Ohngeachtet meiner Abgeschlossenheit findet sich selten eine Stunde, wo man sich diese Geheimnisse des Lebens vergegenwärtigen mag. – [Fünf Tage später starb Goethe; es war sein letzter Brief.]

Joh. Christian Mahr, 27. 8. 1831 – Am 26. August 1831 gegen Abend traf Goethe mit seinen beiden Enkeln und Bedienung im Gasthofe Zum Löwen hier in Ilmenau ein. Der reinste, von Wolken ungetrübte Himmel gewährte die trefflichste Witterung. Er hatte mir seine Ankunft gleich melden und mich, ihn zu besuchen, bitten lassen, doch kam ich erst spät abends aus dem Kammerberger Steinkohlenbergwerk nach Hause; also besuchte ich ihn am 27. morgens, wo er schon seit früh vier Uhr an seinem Tische beschäftigt war. Seine Freude war, wie er sagte, sehr groß, die hiesige Gegend, welche er seit dreißig Jahren nicht wieder besucht hatte, da er doch sonst so oft und so viel hier gewesen, wiederzusehen; seine beiden Enkel seien schon in Begleitung des Kammerdieners in die Berge gegangen und würden bis Mittag ausbleiben. Nach mehreren Erkundigungen, ob nicht wieder etwas in geognostischer Beziehung Merkwürdiges vorgekommen sei, fragte er dann: ob man wohl bequem zu Wagen auf den Gickelhahn fahren könne; er wünsche das auf dem Gickelhahn befindliche, ihm von früherer Zeit her sehr merkwürdige Jagdhäuschen zu sehen, und daß ich ihn auf dieser Fahrt begleiten möge. Also fuhren wir beim heitersten Wetter auf der Waldstraße über Gabelbach. Unterwegs ergötzte ihn der beim

Chausseebau tief ausgehauene Melaphyrfels sowohl wegen seines merkwürdigen Vorkommens mitten im Feldsteinporphyr als wegen des schönen Anblicks von der Straße aus. Weiterhin setzten ihn die nach Anordnung des Oberforstrats König in den großherzoglichen Waldungen angelegten Alleen und geebneten Wege in ein freudiges Erstaunen, indem er sie mit den früher äußerst schlechten, ihm sehr wohl bekannten Fahrstraßen auf den Wald verglich.

Ganz bequem waren wir so bis auf den höchsten Punkt des Gickelhahns gelangt, als er ausstieg, sich erst an der kostbaren Aussicht auf dem Rondel ergötzte, dann über die herrliche Waldung freute und dabei ausrief: Ach, hätte doch dieses Schöne mein guter Großherzog noch einmal sehen können! – Hierauf fragte er: Das kleine Waldhaus muß hier in der Nähe sein. Ich kann zu Fuß dahin gehen, und die Chaise soll hier so lange warten, bis wir zurückkommen. Wirklich schritt er rüstig durch die auf der Kuppe des Berges ziemlich hochstehenden Heidelbeersträucher hindurch bis zu dem wohlbekannten, zweistöckigen Jagdhaus, welches aus Zimmerholz und Bretterbeschlag besteht. Eine steile Treppe führt in den oberen Teil desselben; ich erbot mich, ihn zu führen, er aber lehnte es mit jugendlicher Munterkeit ab, ob er gleich tags darauf seinen zweiundachtzigsten Geburtstag feierte, mit den Worten: Glauben Sie ja nicht, daß ich die Treppe nicht steigen könnte; das geht mit mir noch recht gut. Beim Eintritt in das obere Zimmer sagte er: Ich habe in früherer Zeit in dieser Stube mit meinem Bedienten im Sommer acht Tage gewohnt und damals einen kleinen Vers hier an die Wand geschrieben. Wohl möchte ich diesen Vers nochmals sehen, und wenn der Tag darunter bemerkt ist, an welchem es geschehen, so haben Sie die Güte, mir solchen aufzuzeichnen. Sogleich führte ich ihn an das südliche Fenster der Stube, an welchem links mit Bleistift geschrieben steht:

Über allen Gipfeln
ist Ruh,
In allen Wipfeln
Spürest du
Kaum einen Hauch;
Die Vögelein schweigen im Walde.
Warte nur, balde
Ruhest du auch.

D. 7. September 1780 *Goethe*

GOETHES LEBENSDATEN

1749 am 28. 8. in Frankfurt am Main geboren. Der Vater, schon ältelnd, Jurist und Kaiserlicher Rat ohne Amt, ein Mann strengster Rechtlichkeit und von umfassender Bildung; die Mutter jung, temperamentvoll, heiter, Tochter des ersten Beamten der Stadt, des Schultheißen Textor. Berühmt später ihre Briefe voller Wärme und Bildkraft. – Haus und Lebenszuschnitt der Familie sind behaglichbreit; die Erziehung des Sohnes von umsichtiger Sorgfalt.

1750 Geburt der Schwester Cornelia, die «mit allen Fasern an den Bruder genistelt und geheftet war».

1765–1768 Studium der Jurisprudenz in Leipzig, mehr noch lebhafte Beschäftigung mit Literatur und Kunst. Erhalten haben sich aus diesen frühen Jahren Gedichte in Rokokomanier und zwei Stükke: «Die Laune des Verliebten» und «Die Mitschuldigen». – Im Juni 1768, erzwungen durch einen Blutsturz, Abbruch des Studiums und Heimkehr nach Frankfurt.

1768–1770 Langsame Überwindung der wohl tuberkulösen Infektion und unter dem Einfluß von

Susanne v. Klettenberg (der Schönen Seele der «Lehrjahre») im Gegensatz zu Leipziger Verstandeshelle und Aufklärerei nun Einsinken in pietistische Seelenstimmungen und Öffnung zu dämmernden Bereichen der Mystik, Alchemie und Kabbala.

1770 Fortsetzung des Studiums in Straßburg. – Beeindruckt durch die mittelalterliche Größe des Münsters, intellektuell zurechtgewiesen und gefördert durch die Begegnung mit Herder (Winter 70/71), zugleich befreit und erwärmt vom Durchstreifen des schönen Landes und im Innersten entzückt von der Liebe zu Friederike Brion (die «Dichtung und Wahrheit» als zärtliches Idyll bewahrt), gelingen dem jungen Dichter jetzt Verse, die zeigen, daß er seinen Rhythmus, daß er, unverkennbar und unverlierbar, den eigenen, den Goetheschen Ton gefunden hat.

1771 am 6. August Promotion zum Lizentiaten der Rechte. Rückkehr nach Frankfurt. Hier, wohl auf Betreiben des Vaters, noch Ende des Monats Errichtung einer Advokatur, deren Geschäfte allerdings auch der Herr Rat weitgehend übernimmt.

1771–1775 Jahre höchster Produktivität, gekoppelt mit bedrohlicher Labilität. Unbehindert selbst durch das Praktikum am Reichskammergericht zu Wetzlar (Szenerie des «Werther»), das der Vater dem Sohn im Sommer 1772 zudiktiert, entstehen in einem furiosen Nebeneinander die großen Hymnen, die zärtlichen Strophen für Lili Schönemann, die Prosa-Dithyramben wie die Rede «Zum Schäkspear Tag» oder «Von deutscher Baukunst»; doch es entstehen auch Possen, Parodien, Persiflagen oder Rezensionen in Mercks, des neuen Freunds und Mentors, «Frankfurter Gelehrten Anzeigen» und Beiträge zu Lavaters «Physiognomischen Fragmenten», außerdem Singspiele und empfindsam-fromme Traktate. Vieles bleibt Plan und Fragment, doch im Herbst 1771 schreibt Goethe auf Drängen der Schwester in sechs Wochen eine erste Fassung des «Götz» nieder; im April vollendet er in zwei Monaten die «Leiden des jungen Werther», im Mai in acht Tagen «Clavigo». Er konzipiert «Egmont» und «Stella», entwirft die Szenen des «Ur-Faust», mit denen Faust und Mephisto Umriß gewinnen: Figuren, die den Dichter, sich mit ihm wandelnd und verwandelnd, bis zu seinem Tod begleiten.

«Götz» und «Werther», das Schauspiel 1773, der Roman 1774 erschienen, hatten ihren Autor, nun ein faszinierender junger Mann, sprühend von Geist, Witz und Laune, mit einem Ruck an die Spitze des «Sturm und Drang», der neuesten literarischen Bewegung Deutschlands, gebracht. Von allen Seiten drängt man der jungen Berühmtheit zu. Er selbst, der von sich gern als dem Wanderer spricht, ist noch dazu ruhe- und rastlos unterwegs. «Geniereisen» sind das, «Genie-Audienzen» überall: in Homburg oder Darmstadt, in Wiesbaden, Offenburg oder Karlsruhe. Er fährt mit Lavater, dem neuen «Herzensbruder», den Rhein hinunter, trifft die Jacobis in Düsseldorf (1774), wandert mit den Grafen Stolberg in die Schweiz, blickt vom Gotthard ein erstes Mal nach Italien hinab (1775). Es ist ein betäubender Wirbel, «Himmel auf, Höllen ab», gesteigert noch durch die Begegnung mit Charlotte Buff in Wetzlar (1772), in Frankfurt dann mit Maxe Brentano (1774) und Lili Schönemann (1775). Charlotte und Maxe (an beide erinnert «Werthers Lotte») waren, als Goethe ihnen verliebt anhing, bereits gebunden; Lili aber war frei und bereit, ihm zu folgen. Doch er trennte sich auch von ihr, da er instinktiv wußte, daß Arbeit und Werk, bei aller Lust zum geselligen Umtrieb, Stille und Alleinsein voraussetzten. – Am 11. 12. 1774 wird er in Frankfurt Karl August von Weimar vorgestellt. Gemeinsam verbrachten Goethe und der Prinz (gerade erst siebzehn) die nächsten Tage in Mainz; sie sahen sich wieder im Mai 1775 am Karlsruher Hof, danach am 22. 9. und 12. 10. in Frankfurt, wobei Karl August und die ihm eben angetraute junge Louise von Hessen-Darmstadt den Dichter einluden, ihnen nach Weimar zu folgen. Gegen den Willen des Vaters, der nichts von Fürstengunst hielt, sagte Goethe zu.

Am 7. November 1775, morgens um 5 Uhr, traf er in Weimar ein.

1775–1786 Er kam als Gast. Der Herzog aber, angezogen und tief beeindruckt von diesem Mann, dessen geniale Erhobenheit sich mit jugendlichem Übermut, mit Spaß an Schabernack und frischer Bewegung paarte, war entschlossen, den großen funkelnden Geist an sein armes, winziges Ländchen zu binden. Gegen den Widerstand des Hofs und der eingesessenen Bürokratie verschaffte er dem Mann seiner Wahl Amt, Besitz (1776 das Gartenhaus, 1794 das Haus am Frauenplan), er verschaffte ihm Titel und gesicherte Einkünfte, die Goethe erlaubten, seine Existenz, sei es als Dichter, sei es als Forscher, als Denker, nach allen Seiten hin auszudehnen. – 1779 wird er zum Geheimen Rat ernannt, 1782 geadelt.

Zunächst aber nimmt ihn, nach der schrankenlosen Freiheit der Frankfurter Tage, die Pflicht ins harte Geschirr. Er lernt Geduld, Bestimmtheit, Konsequenz. Devise aller künftigen Bestrebungen sind nun: «Ordnung und Folge».

1776 geht ihm die Bestallung als Legationsrat am herzoglichen Conseil zu; Ende des Jahres werden ihm die Bergwerksangelegenheiten übergeben, 1779 die Kriegskommission und der Wegebau, 1782 das Finanzressort. Nahezu alles, was im Land geschieht, erfordert seine Aufmerksamkeit, fällt in seine Verantwortung. – Befreiung, Bereicherung aber bedeutet, daß gerade die Probleme der praktischen Arbeit, daß die nicht abreißenden Schwierigkeiten beim Wege- und Wasserbau, im Bergwerk, in Land- und Forstwirtschaft seinen Blick auf theoretische Fragestellungen der Naturwissenschaft lenken. Tief beglückt wendet er sich dem «Studium der Natur» zu. Erstaunlich ist die Mannigfaltigkeit der Interessen, denen er, etwa von 1780 bis an sein Lebensende, mit nie erlahmendem Eifer nachgeht. In jeder Situation, sei es in Weimar, in Jena oder Ilmenau, sei es auf Reisen – allein oder mit dem Herzog (so im Herbst 1779 die zweite Reise in die Schweiz), sei es bei den zahllosen Ritten und Wanderungen durch den Thüringer Wald, durch Harz und Rhön oder während der Kuraufenthalte in den böhmischen Bädern (siebzehnmal zwischen 1785 und 1823) beschäftigen ihn Fragen der Geologie und Mineralogie, der Botanik und Zoologie, der Paläontologie und Anatomie (1784 Entdeckung des Zwischenkieferknochens), der Witterungskunde, Optik und Farbenlehre.

Selbstverständlich aber erwartet man in Weimar von ihm, dem berühmten Autor, daß er neben seinen Amtsgeschäften auch die Funktionen eines Hofpoeten und Maître de plaisir erfüllt. Er arrangiert hübsche kleine Feste, lädt sich die Regie des Liebhabertheaters auf, schreibt dafür leichtfüßige

Sächelchen wie «Lila», «Die Fischerin» oder den «Triumph der Empfindsamkeit». – Gedichte jedoch wie «An den Mond» (1778), die Lida-Strophen, auch «Wanderers Nachtlied» (1776) oder «Über allen Gipfeln ...» (1780), dazu die «Iphigenie» (aufgeführt 6. 4. 1779) und der «Tasso» (begonnen März 1780) gehören mit ihrer zarten und strengen Wortmusik Charlotte v. Stein. Sie sind Bezeugungen eines Liebesbundes (1776/88), einer höchst esoterischen, geistig-sinnlichen Beziehung, befremdlich späteren Zeiten, doch noch natürlich einer Epoche, der das «Denkbild der Seelenliebe» lebendige Tradition war.

1786–1788 «Wie ein Dieb in der Nacht» brach Goethe am 3. September von Karlsbad nach Italien, dem Ziel langer Sehnsucht, auf. Zwar war der Herzog um Urlaub gebeten, Frau v. Stein mit einem Abschiedsgruß bedacht, doch niemand kannte Richtung und Dauer der Reise. Goethe fuhr inkognito. In Eilposten ging es über München, den Brenner nach Venedig, dann weiter nach Rom, wo er am 10. 10. eintrifft und bis zum 23. 4. 1788 bleibt, nur unterbrochen durch eine Fahrt nach Neapel und Sizilien im Frühjahr 1787. – Er brauchte Distanz. Distanz von aller Plackerei im Regierungsalltag des kümmerlichen Ländchens, Distanz auch von der Bindung an Frau v. Stein. Tief aufatmend genießt er den helleren Himmel, das mildere Klima, die reich instrumentierte Schönheit des Landes. Er lebt einfach, im Kreise bescheidener deutscher Maler, wie ein «Künstlerbursche», fördert die erste Gesamtausgabe seiner Werke (bei Göschen 1787/90), malt, zeichnet, treibt mit aller Intensität Kunst- und Naturstudien. Die «kimmerischen Vorstellungen und Denkweisen» versanken. Der Kult des eigenen Herzens, die zehrende Innerlichkeit verlor an Gewicht. Er spürte, daß die Summe seiner Kräfte sich zusammenschloß, oder wie er souverän-lässig Jahrzehnte später schrieb: «das bisher beengte, beängstigte Naturkind schnappte in seiner ganzen Losheit wieder nach Luft».

Auch sein äußerer Habitus änderte sich. Er war breiter, voller geworden. Ein Apoll, sagten die Zeitgenossen, die wenig später, als Goethe massig und schwer wurde, ihn enttäuscht einen steifen Reichsstadt-Syndikus, einen Weinhändler, einen biederen Amtmann nannten. Die Bildwerke aber, um 1790 entstanden, wie Tischbeins «Goethe in der Campagna» oder die Lipssche Kreidezeichnung zeigen einen Goethe: energisch, gelassen, seiner selbst gewiß.

Noch von Italien aus hatte er dem Herzog die Stellung, wie sie ihm künftig nottat, wenn er als Dichter arbeiten und bestehen wollte, definiert. Er werde seinem Fürsten sogar mehr sein als bisher, schrieb er im Mai 1787 an Karl August, wenn dieser ihn nur das tun lasse, was niemand als er tun könne, und das übrige andern auftrüge. Der Herzog, wahrhaft ein Freund und Mäzen, stimmte zu. Goethe wurde bei weiter laufenden Bezügen von «allem Mechanischen der Regierungsgeschäfte» befreit. Ihm blieben Titel und Würden, ihm blieb auch das große Haus am Frauenplan, der stattliche Rahmen seines sich mehr und mehr fürstlich weitenden Daseins. – Zum Ausgleich übernahm er im Laufe der Jahre die «Oberaufsicht» der Institutionen, deren Funktionieren, deren zielbewußte Förderung auch Goethes Interessen förderte: die Bibliotheken in Weimar und Jena, die Leitung des Theaters (1791/1817), das Münzkabinett und Zeicheninstitut in Weimar, die Botanische Anstalt, die Naturalienkabinette, das Universitätsprokurat in Jena.

1788–1816 Am 18. 6. 1788 ist Goethe wieder zurück in Weimar. Knapp einen Monat später tritt ihm auf einem Parkweg Christiane Vulpius, eine Bittschrift des Bruders in der Hand, entgegen. «Ein bräunliches Mädchen», sagen die «Römischen Elegien» und preisen zärtlich die ringelnde Lockenfülle. Goethe nimmt die einfache Person beinahe sofort in sein Haus, in sein Leben auf. Sie und der Sohn, den sie ihm am 25. 12. 1789 gebar, sind für ihn seine «kleine, unheilige Familie», seinem Herzen teuer, der «guten Societät» Weimars aber ein nie verwundenes Skandalon. Das Band schien lose geschlungen (Goethe legalisierte seine Wahl erst am 19. 10. 1806), bewies aber Festigkeit und Dauer. Wie im Spiel ließ er andere Frauen, kluge, anmutige, kultivierte Geschöpfe, an sich vorübergleiten. Sie erheiterten, erfrischten ihm Gefühl, Sinn und dichterische Imagination, doch er gestattete, wie Emil Staiger sagt, weder Silvie v. Ziegesar noch Minchen Herzlieb (1801/06 f), noch Bettina Brentano (1807 f), ja er gestattete selbst der einzigen Marianne v. Willemer (1814/15) nicht, voll in die Wirklichkeit seines Lebens einzutreten. Christiane aber, nicht differenziert, nicht kultiviert, doch warm, verliebt, zärtlich, unverstellt in Begierde und Genuß, hielt ihn fest. Ihre sprühende Sinnlichkeit, ihre frische Laune schufen Leben und Bewegung, verbreiteten, dem «Geheimrat» so nötig, Behagen und Entspannung, lockten die «Freuden des echten nacketen Amor» hervor; Freuden, die dann der Dichter ebenso offen wie delikat, ebenso direkt wie graziös, leichthin vom Derben zum Zartesten gleitend, in den «Römischen Elegien», den «Venezianischen Epigrammen» (Spiegelung der zweiten italienischen Reise, Frühjahr 1790) und den Stanzen des «Tagebuchs» (1810) beschreibt und feiert. – Christiane stirbt im Juni 1816. «Leere und Totenstille in und außer mir», vermerkt das Tagebuch. Ihr Ende signalisiert die Alterseinsamkeit Goethes, denn seine letzte große Liebe zu Ulrike v. Levetzow, gefeiert in den mächtigen Strophen der «Marienbader Elegie» (1823), blieb unerwidert.

Die Eingewöhnung in Weimar war Goethe nach den zwei Jahren in Italien hart angekommen. Verschärft wurde noch die Situation durch den heimlichen Disput, durch das «Streitverfahren» mit der Zeit, in das er sich, grollend, jahrzehntelang verstrickt sah. Viele Zeitgenossen, darunter auch Freunde wie Knebel und Herder, hatten den Ausbruch der Französischen Revolution enthusiastisch begrüßt. Goethe aber, obwohl kein Legitimist, witterte sofort die gefährliche Diskrepanz von Utopie und böser Realität. Ihn ängstigten die plötzlich zutage gekommenen irrationalen Kräfte, und nur Napoleon schien ihm groß genug, das Chaos zu bannen. Für das ausgebeutete Deutschland aber war er der Usurpator, den zu vertreiben Recht eines Volkes blieb. Doch Goethe, entschlossen ein Mann des Friedens, fürchtete nichts so sehr als das «wilde Geschick des allverderblichen Krieges». Zudem störte ihn, den «dezidierten Heiden», die Frömmelei vieler Patrioten, ihm ebenso unheimlich wie der revolutionäre Aufstand.

Im Sommer 1794 gelang es Schiller endlich, Goethes Interesse und Anteilnahme zu gewinnen. Ein Gespräch hinüber, herüber setzte ein. Das «Protokoll» sind die Briefe beider, die Goethe 1828, Jahrzehnte nach Schillers Tod (9. 5. 1805) herausgab. Für beide bedeutete dieses Gespräch Ermunterung und Förderung. Goethe, der fast nur noch in naturwissenschaftlichen Problemen lebte, wandte sich, von Schiller gedrängt, wieder der Dichtung zu. Für dessen Zeitschriften schrieb er die «Unterhaltung deutscher Ausgewanderten», er schrieb Balladen, darunter die «Braut von Korinth», den «Gott und die Bajadere»; er verfaßte gemeinsam mit Schiller die «Xenien», vollendete «Wilhelm Meisters Lehrjahre», nahm die Arbeit am «Faust» wieder auf und veröffentlichte 1798 «Hermann und Dorothea», nach langer Zeit wieder ein großer Bucherfolg.

1816–1832 Goethes Ruhm, Goethes Autorität wuchsen. Weimar wurde zur geistigen Mitte Deutschlands, das Haus am Frauenplan zur heimlichen Residenz. Die Korrespondenz wächst, der Adreßkalender der Besucher wird länger und vielfältiger, die Gastlichkeit opulenter. Die Arbeit drängt, der Mitarbeiterstab vergrößert sich. Tag um Tag sichtet die «Goethe-Kanzlei» Material, es wird mit Hilfe von Riemer, Eckermann, Meyer und Göttling redigiert, mundiert, expediert. Zugleich aber gelingen gegen alle Störung wieder und wieder Werke von großer Kraft und Schönheit: 1807 der Sonettenkranz für Minchen Herzlieb, zwei Jahre später die «Wahlverwandtschaften», im gleichen Jahre werden die «Wanderjahre», wird

«Dichtung und Wahrheit» begonnen. Zwischen 1814 und 1819 entsteht der «West-östliche Divan», ein Zyklus, höchst subtil, voller Überraschung und Farbe. – «Hauptgeschäft» aber des Patriarchen, der Goethe nun ist, Hauptgeschäft ist die Vollendung des «Faust II», dieses großen dramatischen Gedichts – Lesern gewidmet, die sich «auf Miene, Wink und leise Hindeutung verstehen». Am 22. 7. 1831 versiegelt er das zu Ende gebrachte Manuskript. Acht Monate später stirbt er im Alter von dreiundachtzig Jahren ...

die herzhaften Leute im Ruhr-Revier
lebensfrohe Rheinländer
gemiedliche Sachsen
heimattreue Schlesier
wackere Schwaben
bodenständige Westfalen

Lauter Liebenswürdigkeiten für

Frauen mit Charme
Vielgeplagte Mütter
Unentbehrliche Großmütter
Die beste aller Schwiegermütter
Den besten aller Schwiegerväter
Den besten aller Väter
Glückliche Gartenfreunde
Liebenswerte Geburtstagskinder
Kluge Köpfe
Kultivierte Weinkenner
Wahre Kaffeegenießer
Den sonnigen Kurgast
Kultivierte Feinschmecker
Alle, deren Herz für die Eisenbahn schlägt
Alle, deren Herz einer Katze gehört
Die schöne Advents- und Weihnachtszeit
Jeden Wilhelm-Busch-Freund
Große Goethe-Freunde
Aus der guten alten Zeit
Aus Kaisers herrlichen Zeiten
Die gruseligsten Gruselgeschichten
Für Leit, de wo no Bairisch schmatzn
Für Leut, de e hessisch Herz uff de Zung habbe
För Lüüd, de gern 'n beeten Plattdütsch snackt
Für Leit, die grad mit Fleiss no Schwäbisch schwätzet
För Lüde ut Westfaolen, de gärn plattdüsk küert